Las y media
de alguna hora

BIOGRAFÍA

Lhuna White, Madrid, 1982

Aficionada a escribir desde pequeña, las redes sociales hicieron que cambiara el bolígrafo y el papel por un ordenador repleto de blogs con temáticas muy diferentes; desde una erótica hasta llegar a la más intimista para ayudar a otros pacientes con su enfermedad.

Tras ser fisioterapeuta durante más de quince años, en la actualidad debido a no poder desempeñar su profesión, los libros y escribir se han convertido en su mejor refugio.

Empezó con *Despeinadas*, después llegó el más personal tras una larga estancia en el hospital, *Tal vez un quizá baste*, seguido de *La intensidad de su arcoíris*. El anterior a este, *Cuando me di cuenta*, es más desenfadado que los dos anteriores relatando esas relaciones de amistad en la edad adulta, hasta llegar a *Las y media de alguna hora*, donde da un giro de ciento ochenta grados para adentrarse en el suspense.

Instagram: @lhunaw
Twitter: @Lu_naWhite
Email: ammgv5@gmail.com

LAS Y MEDIA DE ALGUNA HORA
1ª Edición: febrero 2022
©**Copyright de la obra:** Lhuna White
©**Copyright imagen portada:** Lhuna White
Diseño de portada y maquetación: Rocío Cervera Muñoz
Corrección: Marta Monroy
Con la colaboración de Autores Conectados. www.autoresconectados.com

Las y media de alguna hora

Lhuna White

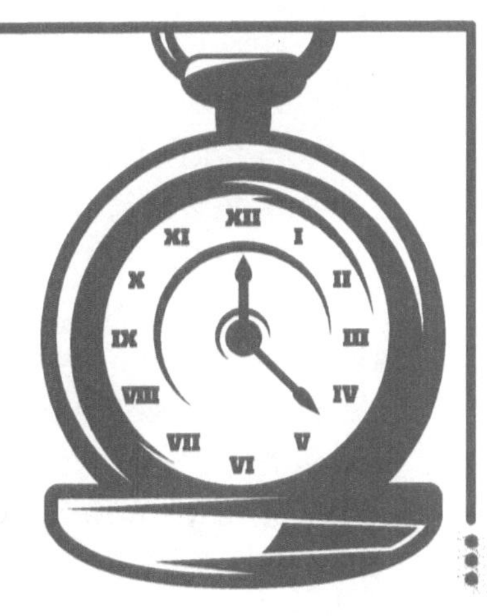

IRENE
ÍÑIGO

El reloj del pequeñísimo pueblo de menos de cien habitantes, retumba en la cabeza de Irene, su ensoñación se disipa de manera lenta y tediosa. No termina de entender si ahí es donde encontrará el camino hacia lo que quiere. De repente, se pregunta por qué la campana de la iglesia suena una sola vez y no hay más repiques, aunque el eco que provoca ese único sonido en el interior de su cabeza le hace pensar que son muchas más. Mira su muñeca. No hay reloj, se lo dejó en la ciudad cuando salió despavorida hacia Gascón, un pueblo al oeste de Extremadura difícil de encontrar en el mapa, como muchos de los tantísimos pueblos a lo largo de la geografía española que no tienen ni McDonald's ni Telepizza. Pero en aquel, la desaparición de una joven hizo que la revista de Madrid le mandara a cubrir los hechos sobre el terreno.

Tras cavilar en la cama durante demasiado tiempo, de nuevo son las y media de alguna hora que por supuesto desconoce. En ese momento recuerda cómo su abuela le contó que cuando vivía en el pueblo, antes de ir a Madrid, solo se oía una vez la campana de la iglesia cuando eran las y media de alguna hora que en ocasiones se sabía y en otras no.

Nada más llegar al pueblo, hace pocos días aún, le impresionaron varias cosas: su atronador silencio, la cantidad de caminos secretos donde esconderse y la belleza de sus estrechas calles, casi desiertas la mayor parte del tiempo. Se incorpora y un rayo de sol la deslumbra dándole los buenos días. Remolonea y, tras unos parpadeos y movimientos de músculos de la cara que desconocía, se sienta en el borde de la misma estirándose como debe; brazos al techo y tórax hacia delante. Todavía hace ese frescor que le recuerda a los campamentos de su infancia. La pequeña habitación que encontró antes de llegar en internet es silenciosa, típico en esta localización tan lejos de casa. Oye algunos pájaros cantar uniéndose a la llegada de un nuevo día que la empujan a ponerse en pie, vestirse con el primer jersey que encuentra en el reducido, aunque coqueto, armarito, y revisa el móvil por si la redacción del periódico le hubiera mandado algún correo electrónico con nuevas indicaciones. Por suerte tiene wifi, pero nada, no ha debido haber novedades para el artículo. Baja a la cocina de la casa y da los buenos días a la señora María, su propietaria.

—Buenos días, ¿qué tal? Parece que hace frío hoy —comenta para evitar la incomodidad de estar en casa ajena.

—Sí, aquí por las mañanas esta es la temperatura habitual, pero en unas horas comenzará a picar «Lorenzo» te lo aseguro. —Y la mira con esa mirada de madre que le hizo sentir segura nada más llegar—. Ya te acostumbrarás.

Desayuna en silencio reflexionando por dónde empezar ya que nunca se había documentado sobre el terreno, pero su pensamiento se dispersa al recordar cómo su abuela también llamaba «Lorenzo» al sol y era tan parecida a la señora María. De vuelta al presente se centra en la organización del día. Quizá deba empezar por hacer algunas fotos de cada negocio, aunque sean escasos, y organizar un buen mapa conceptual. Lo que viene siendo una organización de todas las ideas necesarias para poder enlazarlos y que cobren así sentido. Además, también le facilitará conocer a sus dueños. Tras el último sorbo de café, decide subir al monte que vio al entrar al pueblo, y así hacerse una fotografía mental desde una perspectiva diferente.

«¡Por Judas Tadeo!», se lamenta recordando esa expresión que tanto oía a su abuela. Llega agotada, ya que tras una lesión al practicar senderismo hace meses, se puso en pie de guerra con el ejercicio y el movimiento en general. Todo es precioso y le da muchas ideas acerca del pueblo y cómo enfocar su investigación. Ve la tienda de ultramarinos, que denominarán los parroquianos como la tienda del pueblo, frente a la casa en la que se hospeda. No se fijó al llegar, pero desde allí llamaba la atención el colorido de sus carteles. Mira a la derecha donde está el ayuntamiento, en una de las calles que salen desde ahí hay una plaza con mucho espacio alrededor y un parque con columpios en los que aún no hay niños ni cree que en algún momento los haya. En otra de las calles que sale de la plaza, está la iglesia: antigua, cuidada, preciosa e imponente; quizá por ser el edificio más grande del pueblo. Sin duda debe visitarla antes de comenzar a tener contacto con las teclas del ordenador. Esta pequeña villa debe tener muchos sitios donde pudo ocurrir lo que sea que pasó y le trajo a Gascón. Ante lo que ve nunca lo hubiera imaginado: «*Desaparición* de una chica de "veintimuchos"», fue lo primero que le dijo su jefe al llamarla a su despacho antes de mandarla a este pueblecillo. «¿En serio en este sitio un forastero no llama la atención? ¿Quién querría hacer daño a una chica joven que solo asistía a un concierto de Undrop? ¡Y yo que había perdido la pista de ese grupo de los noventa, en mis años mozos! Pensándolo un poco más... No entiendo qué buscaba aquí. ¿Tendría algún amigo en el pueblo? ¿Un exnovio, o novio, incluso? ¿Estaba de escapada en la única casa rural? ¿Cómo leches hay aquí una casa rural? No parece un sitio muy turístico, la verdad», se dice respirando todo el aire puro de la montaña que puede.

Mueve la cabeza intentando deshacerse de la basura mental que solo la aleja de su objetivo. Sabe que este artículo debe ser el que la catapulte a un futuro ascenso.

De vuelta en la plaza, entre sudores y fatiga extrema, no exagero lo más mínimo... ya me entiendes..., va directa a la casa rural. La tienda de ultramarinos abre en veinte minutos y decide que hasta entonces pasará a limpio las notas en sucio. Sentada en la mesa junto a la ventana, comienza a escribir la descripción de todo lo que ha visto. Media hora más tarde junto con subrayadores de colores, flechas, corchetes, mayúsculas, minúsculas y párrafos subrayados en rojo, mete su *bloc* de notas en el bolso y va a la tienda.

—Buenos días —saluda con una sonrisa de oreja a oreja.

La propietaria responde con otra aún más grande, parece una competición.

—Buenos sean, ¿nueva en el pueblo?

—Sí, me recomendaron la casa de enfrente para poder descansar y alejarme del mundanal ruido de la ciudad.

—¡Anda! Había escuchado que María había puesto un anuncio tras el curso de internet que organizó el ayuntamiento. Qué emprendedora a pesar de su avanzada edad. —Su zasca se envuelve de otra sonrisa... «Sí que es falsa la mujer sí», piensa Irene cada vez con más seguridad.

—¿Y qué? ¿Es usted de aquí? —pregunta la periodista.

Tras lo que parece una reflexión silenciosa, contesta con otra sonrisa, aún más ufana que las anteriores:

—¡Uy, sí! Desde pequeña. Toda una vida porque, aunque no lo parezca ya tengo mis años —responde presumida.

—Escuché en la capital antes de venir que una chica había desaparecido por aquí. ¿Usted sabe algo?

—Uy, señorita, eso es mejor hablarlo con un buen café, de esos que llevan un lingotazo incorporado, ya me entiende, ja, ja, ja. —Su carcajada retumba en todas las paredes.

—Pues cuando usted tenga un ratito para poder compartirlo conmigo, ya sabe donde me hospedo. Por cierto, ¿cuál es su nombre? Que ni se lo pregunté.

—Uy, mejor que te pases directamente por aquí antes de cerrar sobre las ocho. Y así lo dejamos ya hoy todo zanjado. Y Carmen, mi nombre es Carmen.

—Perfecto, en eso quedamos entonces, Carmen. Hasta esta noche, yo soy Irene.

Una nueva y deslumbrante falsa sonrisa parece iluminar como un foco la puerta de salida del establecimiento. «Madre mía, ¡qué mujer!», piensa la periodista poniendo los ojos en blanco puesta ya en marcha para seguir y organizar mejor cada paso. La cruz de la iglesia parece llamarla, así que se dirige hacia allí. Al llegar, da la vuelta por la parte de atrás y ver qué hay. La rodea y encuentra la entrada a un pequeño cementerio del que se pueden ver las tumbas rodeadas de flores, secas en su mayoría. Avanza hasta la reja de la entrada y, a mitad de camino, advierte unos pasos tras ella. Lentos pero constantes. Sus palpitaciones se aceleran de manera fuerte e intensa, tanto, que su ritmo cardiaco es lo único que parece escucharse hasta que oye a su espalda más cerca de lo que pensaba una voz seria y adulta:

—¿Puedo ayudarla?

Se da la vuelta no sin miedo, casi a cámara lenta y un señor de avanzada edad con un hábito y barriga prominente, le sonríe de manera algo siniestra.

—Hola, eh… Estoy visitando el pueblo. Quería ver la iglesia por dentro y al encontrar la puerta cerrada pensé en dar una vuelta por si había otra entrada. —Espera que haya sonado creíble y que su voz no temblara de manera agitada como lo hacía su pecho y todo su cuerpo.

—La hora de misa es a las once y a las ocho y media. A esas horas podrá entrar sin problema. El caso es que no me

suena verla en las ceremonias, ¿es de algún pueblo cercano?
—pregunta sin que Irene responda.

«Vamos a ver, ¿aquí son todos así de cotillas? Debe ser
que nunca tuve pueblo y eso hace que me sorprenda. Dale
que te pego y pega que te dale con las indagaciones, Sálva-
me tendría aquí cientos de guiones y colaboradores, pero sin
el glamur de invitados estelares con sueldo desorbitado…
Igual Carmen con su espléndida sonrisa podría ser la nueva
protagonista de las tardes televisivas», se dice en silencio.
Entre pensamiento y pensamiento, siente cómo la mirada del
párroco se torna en una muy intensa y expectante, aunque
no sepa por qué, así que decide volver por donde ha venido
dejando al cura atrás con una sonrisa ante su atenta mirada,
y respirar más tranquila según se aleja hacia la casa rural.
«Ya con mi edad debería poder sentirme más segura y no
asustarme de todo», bufa para sí a regañadientes.

CARMEN CARREÑA

—Buenas noches ya, forastera. ¿Cómo fue el día por aquí?

—¡Hola! La verdad que mentiría si dijera que no fue interesante —contesta Irene sin devolver en esta ocasión la sonrisa.

—¡Uy! ¡Qué bien lo vamos a pasar! Voy a traer un café descafeinado a la irlandesa, así lo llamáis en la ciudad, ¿no?

Antes de que la periodista pueda contestar, Carmen desaparece tras el mostrador y se oyen tejemanejes en la trastienda. Irene no era fan del *whisky*, pero con tal de conseguir su objetivo... No puede evitar carcajearse en silencio.

—Aquí está, descafeinado con mucha crema y un chorrito de licor. Verás qué rico me sale.

La periodista, ahora sí, sonríe y da un sorbo a la gran taza de colores que Carmen ha puesto sobre el mostrador. «Quién iba a esperar que sus tazas serían tan alegres», considera.

—Espera que saco unas sillas.

—¿No estaríamos mejor detrás?

—Qué va. Demasiado desorden para una charla amena, pero dime, ¿qué estás buscando?

—¿Suele venir mucha gente de fuera por aquí?

—La verdad que sí, desde que se abrió la casa rural acude mucha gente como tú a desconectar de la ciudad, pero no suelen hacer turismo fuera de la casa. Ya me entiendes. —Y una sonrisa pícara se dibuja en su cara—. Deben querer ocultarse de algo o alguien. Ya sabes; juventud, noviazgos, o…

—Sin pretenderlo, la mente de la periodista fluctúa lejos de allí al darse cuenta de que en esa charla al menos, no oirá nada que ofrezca información relevante, solo historietas de «la vieja del visillo», así que en cuanto parece terminar de hablar, intenta ser más clara:

—Pero ¿usted, vio algo o a alguien en algún momento que le resultara sospechoso las últimas semanas?

—Ahhh. —Y hace una pausa mirándola con intensidad antes de seguir—: Así que es eso lo que vienes buscando. Información por la noticia que salió en la prensa del régimen.

«¿Pero esta mujer en qué época vive?», se pregunta sorprendida la periodista por su respuesta y la palabra régimen. Después de echarla sin contemplaciones y casi a empujones, Irene vuelve a la casa rural sin dejar de pensar en el personaje que le ha parecido Carmen Carreña, así como los parroquianos que, como ella, deben ser típicos en los pueblos mientras frunce el ceño. Al llegar y no ver a la propietaria ni oír sonido de televisión o radio alguna por ningún sitio, sube a la habitación. Sentada frente a su pequeño escritorio, abre la página web donde investigó antes de llegar a los asesinos en serie residentes en España, por si podían ser los responsables de lo que la trajo a Gascón. Antes de tener casi uso de razón, hubo un tal *Arropiero* que se llevó por delante a su novia y cuarenta y siete personas más, pero algo le dice que nada así, o parecido, tiene que ver con lo sucedido en la pequeña villa; el *Mataviejas*, como su propio nombre indica, se sale del perfil y hace muchos años que murió apuñalado en la cárcel. Así que está ya olvidado y enterrado; lo mismo ocurre con *La viuda negra*, pobrecita ella —entiéndase la ironía—, que se dedicó a envenenar a hombres en los noventa, así que también escapa de lo que se supone pasó en el pueblecito de Extremadura; y, por último, *El asesino de prostitutas*, que, si bien violaba y estrangulaba a mujeres de vida alegre también en esa época, mientras disfrutaba de su libertad condicional fue condenado a sesenta y nueve años, así que también queda descartado.

A la mañana siguiente, se despierta con el rugido de sus tripas, así que baja rápido y corriendo intentando no tropezar por las escaleras, mientras sus ojos se desperezan y escucha a la señora María entre fogones.

—Buenos días, María.

—Buenos sean, hija. ¿Dormiste bien?

—Creo que sí, aunque la conversación con Carmen me dejara descolocada.

—Fíjate que no me extraña nadita de nada. A ver, siéntate que te pongo café recién hecho junto a unas tostadas con mermelada que hago yo misma y me cuentas que pasó.

Con el café ya entre manos, María comienza a hablar.

—Come, hija, come, que ya me encargo yo de «darle a la húmeda». No me sorprende lo que me dices de Carmen, es cierto que es la más cotorra del pueblo, pero como intuya que tus intenciones sean solo sacar información, y más de asuntos de aquí, se enrosca como una concha y la dignidad que tanto predica la pone en práctica. —Descansa para coger aire y vuelve a su *speech,* que la periodista tanto agradece al mismo tiempo que se relame con la tostada—: Tranquila, que solo dura unos días, si piensa que a ti se te olvidó o no le diste importancia, ella hará como si nada hubiera pasado. Además, pensará que es algo onírico, e incluso se sentirá más importante. Ahora cuando termines, te mando a comprar algo y te podrás dar cuenta por ti misma.

Aún con la tostada en la mano, la periodista piensa que cierto es el dicho de que quien tiene hambre, con pan sueña. Porque tras la primera tostada, le siguen dos más pensando en volver a la tienda de ultramarinos cuanto antes y hacer como si la tarde noche de ayer no hubiera pasado nada. Si hay que fingir, se finge, eso también forma parte del periodismo.

Acto seguido sube a ducharse antes de salir y que el agua se lleve todo lo negativo de ayer, además de limpiar sus ideas para el reencuentro de hoy con Carmen.

Lista y preparada, sale por la puerta e inhala de manera profunda para enfrentase a un nuevo combate con doña sonrisas.

—Buenos días, Carmen —saluda alegre nada más cruzar la puerta.

—No sé si lo serán. Las tinieblas parecen habernos despertado hoy. —A pesar de ese comentario tan críptico, su sonrisa sin fin vuelve a dibujarse en su rostro.

—Tiene razón, y más después del sol del que disfrutamos ayer.

—No sé cómo será en la capital, pero en estas fechas por aquí… La verdad esto es el pan de cada día. ¿Qué necesita María? —pregunta con una mirada que parece atravesar a la periodista.

—Unas lentejas, hoy quiere preparármelas para comer.

—¡Ay, mujer! Disfruta de la comida de María, bien es conocida en el pueblo por su buen hacer en la cocina. Y, por cierto, ayer dejamos una conversación a medias. Esta noche si quieres, aquí te espero, y puede que te enseñe hasta la trastienda —apostilla divertida guiñando un ojo. La periodista sonríe de vuelta sin añadir nada y regresa de camino a la casa rural con el bote de lentejas.

Tras un día plomizo que parece haberse adueñado de la joven periodista, se da cuenta que solo ha buscado información en internet, enviado un correo electrónico a la revista y dormitado tras el estupendo plato de lentejas que preparó María, así que se lava la cara intentando despertar todas sus neuronas y se dispone a cruzar la calle para encontrarse de nuevo con Carmen.

—Buenas noches.

—Buenas sean, pasa a la trastienda que te he dejado preparado el descafeinado de ayer y unas pastitas que hago yo misma.

—Estupendo, porque ya empiezo a oír mis tripas.

Tras la cortina que divide la tienda de su parte trasera, encuentra la misma taza del otro día junto a un plato con pastas frente a dos sillas.

—Ya eché el cierre. —La sobresalta la voz de Carmen más cerca de lo que esperaba—. Siéntate, no tengas reparo, que para el tiempo que vas a estar aquí, mejor llevarte una buena impresión. A ver, pregúntame más cosas de esas que te inquietan tanto.

—Mmmm, estas pastas son «teta de novicia», como diría mi abuela que en paz descanse —atina a decir la periodista para quitar algo de la tensión pesada que percibe debido a la mirada penetrante de la señora Carreña, tanto, que hasta parecen ser tres por la espesura del momento. Traga todo lo despacio que puede mientras intenta respirar de manera calmada antes de continuar—: No le voy a negar que usted tiene un carisma sorprendente que deslumbra en esta pequeña villa, de ahí que le pregunte por si pudo ver algo fuera de lo normal antes de que yo llegara.

—En eso tienes razón, si hay alguien que se entera de todo por estos lares, soy yo. —Y de nuevo esa sonrisa de oreja a oreja—. Ahora que lo dices, sí pasó algo curioso. Hace unas semanas, se organizó una especie de concierto junto con eventos, para animar a la juventud especialmente. El caso es que vino gente de otros pueblos e incluso de la gran ciudad, que no todo va a ser tu capital, mujer. El caso, que como te digo, había gente joven por doquier con sus mejores galas invadiendo nuestra pequeña plaza y sus calles. Aquel fin de semana apenas se pudo encontrar descanso alguno, además, para lo que se ve por aquí, muchas chicas jóvenes acudieron enseñando más de lo que nuestro Dios consideraría aceptable. Detrás de la calleja oscura, pusieron unos baños portátiles e imagínate lo que pudo pasar ahí. El caso —estaba claro que esas palabras se agotaban en ella de tanto decirlas—, es que para mí que la información que buscas está ahí, detrás de una piedra o una puerta de las casas abandonadas del final de esa pequeña calle.

Como la periodista no tiene nada que perder, decide ir hacia donde le ha dicho. Encuentra apenas diez metros de calle, con una pronunciada esquina tras la cual teme descubrir algo que nadie más haya encontrado.

—¿Ves? Aquí aún huele a pecado…

La periodista se lleva la mano al pecho dando un respingo, sobresaltada de nuevo como en la trastienda, al oír la voz de la señora Carreña penetrando en sus oídos. Voz que cada vez le parece más de ultratumba.

—Por aquí aún huele a aguas menores, ya me entiendes. Además, aún están algunos de los restos del desfase juvenil, tendré que avisar al Ayuntamiento de que por aquí el servicio de limpieza no parece haber trabajado. Que una ya tiene un bagaje como para pedir que se haga con su dinero el trabajo por el que se les paga —farfulla Carmen con altivez.

Mientras la periodista escucha, ve cómo algo deslumbrante se esconde tras un cubo de basura maltrecho que grita a voces una renovación. Se aproxima, lo abre por si dentro hubiera algo y un gato negro salta veloz esquivándola y perdiéndose por la calle. Los dedos de Carmen aprietan el brazo de Irene que gira asustada hacia ella intentando no soltarle un grito y perder las formas.

—Ay, niña, no te asustes que en los pueblos la basura es el sitio favorito de los gatos. ¿Viste algo?

—¡¿Cómo quiere que vea algo si no me permite buscar tranquila?! —No puede evitar vociferar la periodista frunciendo el ceño con ganas de zarandearla.

—No te alteres, maja —responde con retintín—. Anda, mira a ver si encuentras algo en ese bolso que tanto reluce.

Irene decide no añadir nada, solo resopla dándose la vuelta y cogiendo el bolso. Parece ser que una bandolera en color plata es lo que brilla en ese día tan oscuro. Revolviendo entre lo que parece un fular y una fina manga larga, encuentra una cartera sin tarjetas identificativas ni dinero, lo que le hace pensar que alguien robó su contenido, pero ¿dónde estará su dueña? Eso no parece decirle nada sobre su paradero.

—¡Por la virgen de Guadalupe! ¿Qué hace, Carmen? —brama la periodista estupefacta con lo que ve.

Lejos de contestar, Carmen hurga con medio cuerpo dentro del cubo de basura que parece poder romperse en pedazos con ella dentro mientras echa fuera toda la porquería de su interior. Y hay muchísima. Sí que no parece haber hecho su trabajo el Ayuntamiento de Gascón. Es difícil que allí pudiera haber algo que le diera alguna pista.

—¡Ven, ven, asómate! Mira lo que hay. —Oye Irene viendo la expresión entre sorprendida y molesta de Carmen con restos de basura entre su cabello.

MORY MORGAN

La periodista se sorprende en su paseo matutino al oír cómo una mujer habla en inglés. «¿Estoy en Mallorca? ¡Ufff! Sol, arena, brisa marina que deja sabor salado en los labios, descanso… VIDA en mayúsculas», se dice antes de volver a la realidad, esa más de andar por casa. A lo lejos del camino, advierte el contorno de una señora, muy colorida en su vestimenta, agachada en la tierra. Esas tonalidades actúan como un imán para la periodista y sus piernas se dirigen hacia ella sin pensarlo dos veces. A medio camino, la señora fija su mirada en ella reflejando una sincera sonrisa en su rostro.

—¡Hola! —saluda Irene animada.

—Hola, *sweet.*

—Soy Irene, no la había visto antes por aquí, estoy alojada en la casa de la señora María. ¡Qué acento tan bonito tiene! —No se le ocurre qué decir para meterse en faena mientras señala la casa donde se aloja, así que opta mejor por un cumplido antes de seguir—: ¿Lleva aquí mucho tiempo? Parece una más.

—*Really?* Aquí veinte años, con gallinas y huevos.

A la periodista le hace gracia la manera de adaptar la lengua española para hablar.

—¿Huevos?

—*Yes*, gallinas poner huevos, *sweet* —replica sonriendo.

La periodista no puede evitar reírse simpática, a lo que ella responde con una sonrisa cariñosa de madre, o quizá de abuela ya. Sentada con la simpática señora en uno de los bancos del camino, esta no tiene reparos en contarle qué le hizo llegar a un lugar tan alejado de Gran Bretaña. Fue un mal divorcio, como los de la televisión en el que hubo demasiados abogados, uno diciendo A y otro Z haciendo muy complicado llegar a un acuerdo satisfactorio. Lo mejor que sacó de todo aquello, fue la vida campestre que encontró entre Gascón y otro pueblo del que Irene desconoce el nombre, pero puede ver a lo lejos. Tantos sueños rotos, la dejaron abrumada durante más tiempo del que creyó posible y ahora se desahoga a gusto con la periodista mientras escupe todo lo que vivió en aquella época entre un maridaje de sensaciones, a veces opuestas y la mayoría de ellas dolorosas. Los hierbajos bajo sus pies sufren la peor parte de la confesión, también se pierde alguna lágrima que se desliza sobre su mejilla tras escapar de sus ojos.

—Mire, creo que lo mejor será cambiar de tema para volver a sonreír sin pensar en nada doloroso. Me dijeron que hace poco se organizaron unas fiestas en el pueblo con gente que vino de otras villas.

—Oh, sí. *Beatiful moments, honey* —comenta arrugando la nariz.

—¿Vio algo fuera de lo normal?

—*Everything, sweet.* Personas calle en noche, jóvenes, ruido… Vida —responde con su extraña unión de palabras debido a su español tan particular, pero la periodista sonríe al ver la expresión de felicidad en la mujer. —*Wait*. Chica joven hablar conmigo. Asustada. Amigos venir y ella ir con ellos —comenta pensativa con la mirada perdida en el horizonte frente a ellas.

—¿Asustada? ¿Qué le hizo pensar eso?

—*Her face*. Miedo, *sure*.

—¿No le dijo nada antes de que llegaran sus amigos, si es que de verdad lo eran?

—Aquí nunca pasar nada, *honey*. No ver ni oír *more* —esboza pensativa—. ¿Por ella tú aquí?

—Sí, una chica ha desaparecido. Hasta ahora solo he encontrado su bolso.

—*Oh, my God!!!*

—Sí, sus padres denunciaron su desaparición. No se sabe nada de ella ni cómo o con quién vino hasta aquí. Solo se sabe que dejó una nota diciéndoles que venía a Gascón. Nada más.

—No puedo creer —solloza con espanto la señora.

—Sí, mal asunto. Estaré por aquí un tiempo. Si en algún momento escucha o se entera de algo, ya le dije dónde estoy. Sabe cuál es, ¿verdad?

—Sí... *Nice woman*, María.

Se despiden sin añadir más, y cada una va en diferentes direcciones a seguir con sus quehaceres.

«Qué extraño todo, debo conectar cada cosa de lo que me dijeron hasta ahora», piensa la periodista antes de abrir la puerta de la casa rural. Al entrar se encuentra a María yendo hacía la cocina desde el salón.

—¡Uy! Tienes mala cara. ¿Descubriste algo que no te gustó? —pregunta comprensiva.

—Más bien muchas cosas que debo unir antes de hablar con la redacción.

Sube las escaleras, y sentada en la mesa frente a la ventana abre su pequeño cuaderno para intentar conectar todo lo hablado con Carmen y la señora británica.

«Cuánto más pequeño es un pueblo, peor. Ya me lo decía mi abuela», reflexiona frunciendo el ceño.

Le extraña la ausencia de quinquis, los típicos chicos que no dejan de meter bulla y que en los pueblos llaman más la atención que en las grandes urbes. Empieza a dibujar en la última hoja de la pequeña libreta un esquema con colorines, flechas, nombres de residentes, lugares donde ha hablado con ellos…, cuando recuerda que aún no ha vuelto a conversar con el cura del pueblo, tampoco le preguntó su nombre a la mujer, «¡qué desastre!», piensa que él igual es reacio a contestar sus preguntas, pero por eso precisamente debe pensar bien cómo enfocarlo. Igual María puede saber la mejor manera para que no se cierre en banda. Segura ya de su siguiente paso, baja a comentárselo y la encuentra liada haciendo sus cosas.

—Perdone, María, necesito preguntarle algo, ¿cuál sería la mejor manera de acercarme al párroco para que se abra conmigo? Tras nuestro primer encuentro, no del todo bueno, necesitaría una visión sincera, como debe ser la de un cura, acerca del pueblo y las dichosas fiestas que se organizaron en las que desapareció la chica.

—Es un hombre peculiar, no por ser cura, ¡Dios me libre!, sino por cómo se comporta y algunos comentarios que expresa durante sus ceremonias. Parece tener siempre la mosca detrás de la oreja, no al Señor, como debería ser su deber. —Sonríe tímida antes de continuar—: La verdad que es un hombre extraño, así que hazle pensar que estás de acuerdo con lo que oyes durante vuestra charla y creo que conseguirás la información que necesitas.

«¡Cómo me asombra la manera de expresarse de esta mujer!», se dice la periodista. Lo más importante es que piensa que tiene razón. Irá a dar una vuelta por la iglesia a ver si lo ve y se entera de algo nuevo que pueda ser de ayuda.

Dicho y hecho, enfila la cuesta en la dirección opuesta al granero y va hacia la iglesia, donde por suerte el señor se encuentra regando las plantas de alrededor. Dibuja una sonrisa, que Irene interpreta como falsa o quizá educada, según se acerca sigilosa a él. Está segura de que la ha visto por el rabillo del ojo, pero ningún gesto se ha reflejado en su cara como para asegurarse. Se acerca un poco más con su mirada puesta en él y, a escasos metros, este retira la regadera que porta en su mano girándose antes de mirarla con intensidad. De nuevo ese gesto de póker de la primera vez.

«¿Así cree poder encontrar el camino al cielo? Un poco de caridad cristiana, padre», reflexiona la periodista para sí en el más absoluto silencio.

—Buenos días, reverendo.

—Con padre es suficiente, hija. ¿Te veré también en las misas, o solo merodeando por aquí?

—Claro que me verá, padre, solo que ayer estuve con Carmen, ya sabe, la dueña del ultramarinos. La conoce, ¿verdad?

—Sí. Buena feligresa. Ya me extrañó no verla anoche. No pretenderás llevarte a mi rebaño, ¿verdad?

—Dios me libre, padre. —Y se santigua mirando al cielo. «¡Lo que hay que hacer para conseguir información!» piensa antes continuar—: No quiero molestarle, pero busco a una chica que llegó aquí para las fiestas recientes, con música a todo tren y vida hasta altas horas de la madrugada.

—Mire a su alrededor, ¿ve algo de eso por aquí? Este es mi hogar. Donde duermo, rezo y ayudo a todos mis feligreses que lo requieran. Rara vez bajo a la plaza del pueblo. La señora Carmen, con la que usted habló, me trae lo más imperioso para mi día a día. La tranquilidad me acerca a la paz que necesito como representación del Altísimo en la tierra, hija.

—No tengo ninguna duda de ello, padre. Pero sabiendo eso, ¿no acudió a usted nadie necesitado de consejo o para confesarse tras las fiestas?

—La verdad es que no, pero, aunque así hubiera sido, sería secreto de confesión que nunca podría desvelarse —responde arqueando las cejas antes de continuar—: Creo que será mejor que usted enhebre sus investigaciones fuera de mi iglesia.

—Tiene usted toda la razón, disculpe si le he molestado.

Según se gira y enfila el camino de vuelta, el bucle *prensil* tan persistente en ella, hace que intente conseguir información fidedigna, lo que le lleva directa a la tienda de Carmen. Duda si ha ofendido al párroco, pero siempre ha pensado que es mejor pedir perdón a permiso.

De nuevo se aleja de la iglesia sin ninguna información nueva; el párroco parece una puerta cerrada con infinitas llaves, lo que le hace pensar que igual tiene algo que ocultar tras su hábito religioso, pero como decían en una de sus series de televisión favoritas: «El porqué nos lleva al quién».

CARMEN, CARMEN, CARMEN

—Buenos días, Carmen. ¿Descubrió algo nuevo tras nuestra aventura junto al cubo de la basura?

—Ja, ja, ja. No me hagas reír, que aún es pronto y mi crema facial no podrá contrarrestar el efecto de las arruguitas en torno a mi hocico. —¡Vaya! La periodista en ese momento piensa que sí parece que hicieron buenas migas junto a los deshechos del pueblo tras oír lo que parece una gracia—. ¿Qué necesitas esta buena mañana? ¿Algo para María? ¿Para ti en esta ocasión?

—Pues mire, venía a proponerle algo y liberarla de parte de sus labores aquí en la tienda.

—Te escucho.

—He pensado en subirle la compra al reverendo y ahorrarle los paseos a usted. A no ser, claro, que tenga algo que confesarle. —Sonríe intentando convencerla antes incluso de poder pensarlo.

—¡Ay! Cómo sois los de ciudad. Pero ¡mira!, hoy si me arreglarías parte del día. Lo preparo todo y en una hora estará listo para subírselo al padre. Además, nada tengo que confesarle —apunta guiñando un ojo.

—Perfecto, en eso quedamos. Voy a ver si encuentro a... ¿cómo se llama la mujer inglesa?

—¡Mira qué bien! —exclama exaltada—. Ya que luego tienes que volver aquí, no te importaría traerme cuatro docenas de huevos, ¿verdad? Y Mory, se llama Mory —responde con suficiencia.

Tras oír cómo la puerta se cierra tras ella al salir, observa las nubes que parecen haber encapotado el cielo de nuevo.

—¡Hola, Mory! —saluda risueña, aunque sin apenas aire al llegar frente al gallinero.

La encuentra escarbando en la entrada, mientras el cacareo de las gallinas parece ser la banda sonora del momento que se presenta ante la periodista, justo cuando Mory se vuelve ceñuda.

—*Oh, sweet...* No sabía quién llegar. ¿Necesitar algo?

—Quería proponerte una cosa y así no subes al pueblo. Pensé que preferirías cuidar de tus gallinas. ¿Qué te parece si llevo yo la cantidad de huevos que necesita Carmen y así no tiene que hacerlo usted?

Mory se acerca a la periodista con una expresión llena de luz para darle un fuerte abrazo.

—*Thanks, thanks, thanks...*

Irene sonríe por su reacción y Mory va a un apartado del gallinero donde se pueden ver una cantidad bastante considerable de huevos.

Tras darle los que pidió Carmen, allá va Irene sintiendo en sus piernas la inclinación del camino, más pronunciada de lo que recordaba. Cuesta arriba, con tantos huevos en las manos, piensa que bien podían ser verdes por la cantidad de dinero que se perdería de caer al suelo. No ve muy bien el terreno que pisa, pero buena intención al menos sí tiene. Llega por fin entre sudores, abre la puerta de la tienda de Carmen como puede ante su mirada arrogante que cree poder masticar si no se fueran a caer los huevos de no posarlos de inmediato en el mostrador. En lugar de eso, masca lo que sin duda es el «ji, ji, ji» dentro de la cabeza de la propietaria antes de que esta hable:

—¡Mira qué bien lo has hecho! Apenas un poco de sudor, seguro que en la ciudad con tanto autobús y subterráneo no estáis acostumbrados a realizar ejercicio, ¿eh? Pobre. —Ese sarcasmo tan soberbio le quita años de vida a la periodista cada vez que está con ella—. Ya verás qué saludable va a ser tu tiempo aquí. —Y claro, no puede decirlo sin esa sonrisa que atormentará a Irene todo el día. «Entre ella y el cura, voy lista», medita en silencio.

—¿Cuántos le llevo al párroco?

—Dos docenas está bien, si le hicieran falta más ya te aviso, o lo hará él cuando se los des.

—Perfecto, pues para arriba que voy.

«¿¡Quién me mandaría!? Esto no está pagado, por muy buen culo que se me quede de tanta cuesta», y hace una mueca al pensarlo.

Cuando llega, le ve sentado en uno de los bancos frente a la iglesia sin percatarse de su llegada. Según se acerca, él alza la vista y parece sorprenderse de verla con los huevos.

—¿No los habrá cargado el diablo? —pregunta con lo que parece ser un atisbo de sonrisa. Pero no, más bien parece ser Lucifer el que se ha apoderado de su expresión.

«¡Anda! Mira qué graciosillo el cura cuando le viene bien, pero de ayudarme, lo justo», piensa intentando no reflejar nada en su rostro.

—No se me ocurriría ir directa al infierno, padre. Son huevos recién cogidos por Mory.

—Entremos y los dejas en la alacena, hija.

Le sorprende viniendo de él esa expresión, hasta cariñosa, o quizá de lo más falsa. Nada más entrar en un apartado del lateral del que no se había percatado hasta este momento, ve una especie de despensa enorme con ese olor a la comida prohibida que guardan las madres bajo llave o en la zona más alta de la cocina, para que los niños no puedan llegar.

—Colócalos sobre la bancada del fondo. —«¡Claro! No iba a ser en la más cercana», piensa Irene mientras lo hace.

—Pues ya está, padre. Un placer haberle servido de ayuda.

—Buen día con tus investigaciones, hasta más ver.

Según se aleja de la iglesia, con cada paso está más segura de que iba a volver a subirle los huevos quien ella le dijera. «¡Vamos, hombre! Menuda gratitud cristiana. Tendría que presentárselo al devoto de mi padre, el de verdad, no este, a ver qué migas hacían. ¡Cómo para preguntarle cuál es el significado de esa única campana que no dejo de escuchar a lo largo del día!», se recuerda.

—Perdona. —La periodista se da la vuelta al oír cómo la llaman sacándola de sus exclamaciones internas.

—¿Sí? —Una chica joven, que no pensaba que pasara de los veinte, sonríe tímida.

—No habíamos coincidido hasta ahora, pero oí algo de que buscas información sobre Bruna.

—¿Bruna? —«¿Ese no era el nombre de una serie un poco subida de tono que duró poco tiempo en la parrilla televisiva? La verdad que en la redacción solo me dijeron que el nombre no había salido a la luz».

—Sí, la chica que ha desaparecido. Sus amigos estamos preocupados y los polis se han cansado pronto de buscarla, igual por eso de las rencillas entre pueblos —añade con desagrado.

—Vente, vamos a uno de esos bancos alrededor de la laguna. —La anima con la mano.

Se encaminan hacia allí en silencio y cuando se sientan, la periodista comienza con la batería de preguntas ya aprendida de memoria.

—Cuéntame qué recuerdas del día de su desaparición.

—Bueno, mejor empiezo por presentártela un poco, para que sepas bien a quién buscas, que por aquí quien más habla es quien menos sabe. Sus padres son alemanes, pero con muchos años ya aquí. Son buena gente, sosainas, pero más o menos integrados. Cuando se supo…

—Espera, espera. ¿Se sabe entonces de qué pueblo venía?

—Sí, al final de esta carretera, giras en la bifurcación a la derecha y a dos kilómetros está. Se llama Canchas de Abajo, no tiene pérdida.

—Iré antes de volver donde me alojo.

—No te pierdas nuestro cochambroso centro comercial. Para los de fuera, seguro que lo es, pero ya sabes lo que se dice: «la solución en el montón y montones hay muchos», pero curioso es un rato —apuntilla con una sonrisa como las de Carmen.

La periodista no puede evitar sonreír, aunque ella sea más de tiendas de barrio, donde se conoce a la propietaria que avisa a sus clientes antes de que llegue la nueva ropa de temporada. O eso pasa en el suyo al menos.

—Perdona, ¿estás bien?

—Sí, lo siento, solo me alejé imaginando cómo será tu pueblo. Continúa.

—El caso es que su madre decía que llevaba unas semanas algo alborotada por las hormonas. Comenzó con eso tan de moda ahora de correr y respirar aire puro, como si aquí no lo hubiera en cada esquina. ¡Vamos! —bufa negando con la cabeza—, yo creo que solo intentaba llamar la atención de uno de los «malotes» del grupo. Ya te darás cuenta de cómo somos en los pueblos.

—Creo que eso no solo ocurre en los pueblos. —Sonríe la periodista amistosa.

—Pues entonces será más o menos igual. Este chico, Raúl, parece recién salido de la película esa, ¿cómo se llama? Hmmm… ¡Grease, sí! ¡Peliculón, ¿eh? No pasa nunca de moda. En fin, parecían animales cortejándose con tanto movimiento de pestañas y miradas chulescas. Se cree tope guay por ir a la ciudad para esos cursitos tan importantes, aunque solo lo sean para él.

—¿Crees que tuvo que ver algo con su desaparición?

—Creo que es más un gallo de corral que otra cosa. O un perro muy ladrador, pero no creo que se atreviera a llegar a mayores, al menos aquella noche.

—¿Aquella noche?

—Sí, creíamos que era un plan súper guay, hasta que el alcohol empezó a subírseles; los chicos se soltaron como nunca los había visto antes. El plan solo era ver el concierto, tomar algo y cada mochuelo a su olivo como dice mi madre, hasta que Lolo sacó de uno de sus bolsillos una ristra de gomitas que parecía no tener fin. Empezaron a aplaudir y vitorearle. Tras quitarle Raúl unos cuantos, este comenzó a susurrar cosas a Bruna y se distanciaron del grupo poco a poco. Pero ya sabes, mi madre también me repite siempre que nuestros miedos no evitan la muerte, sino que frenan la vida. ¡Menuda vieja está hecha! Así que decidí unirme a ellos hasta que me echaron sin contemplaciones diciéndome que no les hacía falta una «sujeta velas». Me sentó fatal, ya te imaginarás —resopla con los ojos en blanco—, pero qué iba a hacer, ¿verdad?

—Ya. Después, ¿volviste a verla?

—Qué va, en cuanto empezó a clarear nos volvimos al pueblo. ¿Crees que habrá pasado algo grave? ¿O solo estará por ahí haciendo vete tú a saber qué? —pregunta tras restar importancia al comentario de la periodista.

—¿A ti te daba mal fario? Porque a mí no me suena nada bien. No digo que él le haya hecho nada, sino que la noche acabara de una manera que ninguno hubiera imaginado.

—¿Cómo cual?

—Ya sabes, un accidente en la carretera, un encuentro con gente también demasiado borracha…

—Si hubiera sido un accidente ya se hubiera sabido, aquí no es como en la ciudad. En cuanto a los atracos, por esta zona solo hay trifulquillas entre los que quieren demostrar algo a los demás. Y, tanto Raúl como Lolo, siempre quieren demostrar algo, pero no son tan echados *pa'lante*, como para pasar a la acción.

Irene no deja de pensar en que debe conocer a Raúl, Lolo y el resto del grupo; quizá tengan algo que ver con la desaparición.

A UNOS KILÓMETROS

Tras la conversación con la amiga de Bruna, a la que ni siquiera le había preguntado el nombre, su cuerpo cae fulminado sobre el mullido colchón. Nada más abrir los ojos la esponjosidad de las nubes que ve a través de la ventana, dibujan una gran sonrisa en su rostro antes de dirigirse como un autómata tras el olor a café tan rico que prepara María.

—Hola, mi chica. ¿Dormiste bien? ¿Descubriste algo nuevo ayer?

—Como nunca, María. Y menos mal, ya que hoy me daré una vuelta por Canchas de Abajo a ver si descubro algo. Y como respuesta te diré, que ayer hablé con una amiga de la chica desaparecida y creo que me dio algunas ideas para abrir nuevas líneas de investigación.

—No es que me guste mucho esa aldea, porque no deja de ser una aldea. Pero si puedes descubrir algo que ayude a encontrar a la muchacha, bien está. ¿Te preparo un piscolabis para llevarte?

—Sería perfecto, ¡si es que eres como una madre! —La abraza con una gran sonrisa.

Tras desayunar marcha hacia Canchas de Abajo y se encuentra con Mory y sus gallinas, que le sonríe de oreja a oreja.

—*Good morning, darling!*

—¿Hablas en inglés con la gente del pueblo? Porque te entenderán pocos, sin menospreciar.

— *I'm sure you understand me* —responde guiñando un ojo con cariño.

—En eso tienes razón. —Se ríe medio tímida. Tampoco es que la periodista piense que su inglés sea un no va más—. Voy a Canchas de Abajo, a ver qué encuentro.

—*Bad place.*

—¿Y eso?

—*Strange people, weird, false*, o como ahora decir... *fake.*

—Me arriesgaré, Mory, no me queda otra. En Gascón parece que estoy en una vía muerta, aunque no sé si es la expresión más adecuada —comenta torciendo el ceño.

Continúa su camino y el paisaje parece el mismo durante toda la visión que tiene por delante. En seguida la tranquilidad y la amplitud la embriagan y siente a ambas como si la estrecharan fuerte. En ese momento todo lo percibe como cuando de pequeña veía en la sobremesa *Agujetas de color de rosa,* y la verdad, como dice uno de sus cocineros favoritos, Sergio Fernández: «Mola que te inclinas». La sonrisa que se dibuja en su cara hace más llevadero cada paso hasta su destino. Las dehesas de encinas y alcornoques parecen saludarla, hasta que cree ver un águila imperial e interrumpe su paso para disfrutar de la imagen. Cuando el ave casi desaparece de su vista, a un lado del camino un grupo de buitres parecen reunidos para organizar la caza y menú del día. Sin esperarlo, y sin nada que lo vaticinara, una lluvia oblicua con viento racheado hace que busque refugio bajo un árbol muy frondoso al borde del camino. Sí, lo sabe, como caiga un rayo, será para ella enterito, pero le da más miedo una posible pulmonía. Su origen no sería la pandemia, gracias a Dios, piensa que eso quedó atrás con miles de muertos y aún sin responsables, pero ella iría directa al *Pulitzer* feliz, aún con pulmonía y muchos mocos. Casi sin aliento, a pesar de llevar solo diez minutos desde que se alejó del cobijo del árbol, llega a *Canchas de Abajo*. A primera vista está claro que es más grande que Gascón.

—¿Perdida?

Se da la vuelta sobresaltada al no saber de dónde viene la voz.

—¿Perdona? Oh no, no. —Casi se cae de culo al ver esos ojos color miel que se desdibujan por el humo del cigarro que fuma quien le habla. Su aire chulesco le hace mucha gracia, como si no se topara con cientos de esos en la capital, pero intenta contener la risa. La verdad que se ve venir su altanería en cuanto la periodista deja su físico a un lado—. ¿Conocías a Bruna?

Tras la sorpresa inicial, responde:

—Uhm… Sí, claro. Todos aquí la conocemos. —De repente un halo de júbilo parece haber cubierto su rostro. «¡Mierda! Debería haber seguido el rollito ese chulesco tan suyo, para que se abriera a mí», se dice Irene en silencio.

—Sí, tengo entendido que todos sois amigos suyos, tanto como para acompañarla al sarao que se montó en Gascón con el concierto.

—Mal pueblo ese. —«¿Serán las rencillas entre pueblos lo que provocaron todo esto?», se pregunta ella automáticamente tras recordar las palabras de la chica que la abordó cerca de la iglesia—. Mira que nos costó decidir si ir a ese dichoso pueblucho para el concierto. Yo no paso de andar más allá de aquí, es lo más cerca que suelo estar, porque ni que no supiéramos divertirnos en Canchas. Pero supongo que la efusividad de Bruna para ir, nos convenció a todos. Maldito momento en el que nos echamos la manta a la cabeza y fuimos.

Antes de seguir, tira el cigarro y se enciende otro. «Menuda chimenea humana», se lamenta Irene.

—¿Sabe qué? Vamos al bar del pueblo donde solemos reunirnos todos y ¿hablamos sobre el tema?

Cuando llegan, a poca distancia de donde la periodista se topó con él, ve un rincón al fondo donde un grupo de jóvenes se ríen en torno a unas cervezas. Van hacia allí y al acercarse dejan de hablar y los miran confusos.

—¿Qué pasa, Lolo? Ya nos sorprendió que no estuvieras por aquí con unas cervezas más que nosotros.

—Pues mira, estaba dando una vuelta cuando he conocido a Irene, la chica de la ciudad que busca información sobre Bruna.

—¿Qué tal? —esboza risueña la periodista mientras llama al camarero con un gesto—. Si no os importa me siento con vosotros y me contáis lo que os apetezca acerca del fin de semana que fuisteis a Gascón con ella. ¿Os parece bien?

—Bueno… —responde la chica que la animó a ir a Canchas, maquillada en exceso en esta ocasión. Mientras Irene posa la mirada en cada uno de sus amigos—. ¿Ninguno? Pues empiezo yo. Mira, no sé qué necesitas saber en concreto, pero ese fin de semana no buscábamos nada especial excepto divertirnos de una manera diferente. Ya sabes, fuera de aquí. —A la periodista no se le escapan las miradas preocupadas de todos los presentes—. Fue idea de ella ir a ver qué se cocía por allí. Hicimos botellón antes y llegamos contentillos. Disfrutamos del concierto y, perdona que lo diga, Raúl, pero tú estabas entonado también físicamente. Cuando viste las gomitas fuiste sin pensarlo a por todas, no lo niegues. Menos mal que las tiramos todas al contenedor aquel que encontramos. Parecías un pulpo, tío.

—¿Qué mierdas dices? Lo que tú tienes es envidia de que ella siempre haya sido nuestra favorita.

—Chicos chicos, no quiero provocar problemas entre vosotros. No importa si no ocurrió nada más allá de una noche de juerga.

—La verdad que sí fue diferente.

—Raúl. —Se oye a uno de sus amigos con tono de profesor de colegio abroncando.

—¡¿¿Qué??! ¿Lo vais a callar indefinidamente? —Se gira hacia la periodista antes de continuar—: Hubo un momento que todo se nos fue de madre y aquello parecía más una bacanal. Creo que Bruna llevaba más que alcohol encima, tampoco sería la primera vez, y en un momento dado se enrollaba con el que tuviera más cerca sin mediar palabra.

—¡Eso no es verdad! Casi os la lanzabais unos a otros sin importaros lo bebida que estaba —replica la joven.

En ese momento, Irene, observa con más atención sus expresiones y la verdad que solo ve en todos los mismos gestos chulescos que encontró en Lolo nada más llegar al pueblo. La verdad es que no sabe si hay algo más que las envidias normales de un grupo de chicos jóvenes.

—Voy al baño y mientras pensáis qué decir y qué no.

—Voy contigo y me refresco la cara, ¡qué calor hace aquí dentro! —añade la periodista al comentario de la chica.

Nada más entrar, comienza el asedio.

—Perdona —dice al mismo tiempo que la coge del brazo—, no sé tu nombre.

—Me llamo Mercedes, pero todos me llaman Menchu.

—Pues encantada, Menchu. El otro día cuando nos encontramos parecías saber más de lo que ellos quieren decir. Por eso no he comentado que ya nos conocemos.

—Mira, para mí siempre era difícil. Solo somos dos chicas en el grupo, y sí, ella era…, bueno es, la guapa, la más desinhibida, más divertida, estilosa y maravillosa. Pero éramos…, somos, perdona —niega con la cabeza—, amigas y tenemos que estar unidas frente a tanto tío en el grupo. ¿Y sabes? Aunque ella llamara la atención por ser voluptuosa, pelirroja, bastante distinta a todo lo que se ve por aquí... Yo solo pensaba en el bien del grupo, y me mantenía en la sombra; ella tiene una noventa y cinco de pecho y yo llego con dificultad a una ochenta. Esto es un pueblo, y aunque algo más grande que Gascón, no deja de ser enano.

—Comprendo que aquí pueda ser más difícil de entender, pero ojalá todo se redujera a la talla de pecho.

«¿Sería verdad que Bruna parecía más un "pendón desorejado" que otra cosa?», la periodista cree pensar ya como lo hacen allí.

—¿Lista para volver al ruedo? Seguro que ya nos han puesto finas, si no se han matado entre ellos —pregunta Menchu cruzándose de brazos.

Razón no le faltaba. Al llegar están enzarzados en una discusión que la periodista no llega a tiempo de entender antes de que se callen al verlas. Ni siquiera se sienta antes de tomar la palabra.

—Bueno, chicos, yo me voy. Encantada —se despide con un movimiento de mano—. Para lo que necesitéis, estoy a vuestra disposición. —Y guiña un ojo a Menchu con disimulo para que ellos no lo vean.

Se encamina de vuelta a Gascón sin dejar de pensar en si algo de lo que ha oído le servirá para conocer el paradero de Bruna. Al llegar no puede más que dar un beso a su casera y pedirle una de esas infusiones tan ricas que hace con miel. Con esta humeante entre las manos, comienza a relatarle lo vivido en Canchas de Abajo. Mientras lo hace no le pasa desapercibida una risilla maliciosa en la expresión de María.

—No me mires así. El caso es que creo haberles inquietado, pero sin sacar nada en claro, para qué te voy a engañar.

—Solo te diré, hija, que no creo que a esos chicos le llegue la sesera para hacer algo muy planeado.

La periodista no puede evitar soltar una carcajada.

—¡Ay, María! Cómo se nota que la experiencia es un grado.

—No es experiencia, es que los chicos de esa edad solo van a salto de mata. Ya sabes, si solo das un martillo todos son clavos, y ellos no parecen tener más herramientas a mano. No me malinterpretes, pero en la ciudad sois diferentes. Tenéis más opciones. Lo que aprendéis en la calle, no es lo que se aprende en un pueblo. Aquí las cosas siguen otro rumbo, a no ser que hayas conseguido ir a la universidad. ¿Alguno de ellos fue, o va?

—Pues no lo sé. —Se queda unos segundos pensativa antes de volver a hablar—: Igual no hice muy bien mi tarea detectivesca.

—Ja, ja, ja. No dudes de ti misma, chica. La duda mata, no lo olvides.

—De todas maneras, esta tarde iré por donde vi la primera vez a Menchu, si la encuentro, seguiré con más preguntas. Voy a escribir las anotaciones que necesito a mi habitación, María, dentro de un rato bajo a ayudarte con la comida.

Sentada en la mesa junto a la ventana, escribe qué debe preguntarle a Menchu, a la que espera poder encontrar por donde la vio el día anterior. Además, no deja de preguntarse qué papel ha podido jugar ella en toda la historia, si es que ha jugado alguno, pero ¿qué par de amigas no tiene secretos entre ellas?

LOLO

La periodista camina pendiente de todo en derredor. Al final le va a gustar eso de documentarse sobre el terreno y no solo a través de «arrobas». El aire es diferente, el oxígeno se puede masticar y sus piernas parecen agradecer cómo la circulación corre sonriente por ellas hacia el corazón. Va a tener que meditar eso de sentirse tan urbanita. Casi sin darse cuenta, llega al banco donde se sentaron Menchu y ella la primera vez. Se acomoda sobre la dura madera y tras mirar en ambas direcciones no ve nada que se mueva en el horizonte, así que, saca su cuaderno y revisa que no haya olvidado nada importante:

1.- ¿Desde cuándo estaban ambas en el grupo?
2.- ¿Alguna relación importante más allá de los posibles rollos de una noche?
3.- ¿Por qué tenía tantas ganas de ir al concierto Bruna?
4.- ¿Se llevaba mal con alguien del grupo, o tenía más piques de lo normal?

Sí, piensa que eso es lo más importante al cerrar su libreta. Además, en función de las respuestas improvisará más preguntas si necesita otra información. En ese momento, una sombra tapa el sol y alza una mirada prudente.

—Menchu me dijo que estarías aquí.

—Fíjate que la esperaba a ella, no a ti, Lolo.

—Igual yo también te valgo... Y para más cosas. —De nuevo esa sonrisa brabucona que deja pocas dudas de lo que pasa por su cabeza.

—Veremos a ver si tienes razón. —Si quiere jugar la periodista no tendría problemas en hacerlo si así consigue información.

—¿Qué quieres saber? ¿Cotilleos del pueblo o del grupo?

—De todo un poco.

No quiere bajar la vista a su cuaderno, prefiere mantenerla fija en esos ojos azabache que parecen introducirse poco a poco en ella. «Céntrate, Irene, que nos conocemos», se dice abofeteándose mentalmente.

—Nuestra historia no pasó nunca de unos besos cuando llevábamos más de una copa, aunque las lenguas afiladas del pueblo crean que nos enrollábamos en el taller donde trabajo.

—¿Disteis pie a que lo pensaran?

Su carcajada como respuesta la sorprende por su naturalidad.

—Nunca has pasado tiempo en un pueblo, ¿verdad? Si estás por aquí lo suficiente ya te agenciarán pareja. Así que, si van a hablar de todos modos… mejor llevarnos el gusto *pa'el* cuerpo —responde acercándose sin dejar apenas aire entre ellos y la periodista siente no tener fuerzas para recular—. ¿Qué me dices?

—¿No eras tú el que venía a decirme algo? Para eso estás aquí, ¿no?

Su sonrisa burlona la desmonta y miles de fuegos artificiales parecen salir de donde están sentados. Ya sabía ella que cuando no pareciera echarse para atrás ante sus comentarios, él se amedrentaría. Así que prefiere seguir con la desaparición de Bruna.

—Cuéntame cosas de vuestro grupo, anda. Y si quieres de Bruna, mejor que mejor.

—No creo que seamos diferentes a los jóvenes de la ciudad. Allí habrá más oportunidades, pero la sangre se altera por lo mismo y, siendo sincero, vamos a troche y moche como dicen las abuelas de por aquí. Ya me entiendes. —Y otra sonrisa socarrona. Es como si en el pueblo le dieran clases frente al espejo para practicar cómo hacerlo—. Imagínate cuando Bruna se enteró que un grupo que le gustaba (siempre fue más curiosa que nosotros y buscaba música que no solía llegar de manera fácil por aquí), tocaría en el pueblo de al lado. Se puso como loca y sí, me refiero al del final de este camino de cabras.

—¿Qué grupo era?

—Undrop. Luego nos dijo que le recordaba a su época de juventud, ni que fuera una anciana arrugada. En realidad, los sintonizaba su hermana, supongo que es de tu quinta, cuando ella iba al colegio; Bruna los escuchaba a escondidas tras la puerta cuando nadie la veía. —Sonríe guasón—. El caso es que donde iba ella, íbamos todos. Así que ahí fuimos solo por ir detrás de Bruna. Puede ser triste, pero así somos los tíos. La razón de Menchu no la entiendo, pero eso te lo dejo a ti.

—Pero ellas son muy amigas, ¿no? —pregunta la periodista como si no hubiera hablado con Menchu del tema en el baño.

—Sí… pero Bruna es Bruna. Ufff… Una maravilla de la naturaleza, sabe andar muy ducha allá donde va. Menchu es maja, pero donde puedes comer un cinco jotas no eliges un jamón del híper. Iba siempre a rebufo; su manera de arreglarse, gustos… Pero como una mala copia, la verdad.

La periodista no puede negar que le duele el comentario, no solo por Menchu, sino por muchas chicas que son como ella en alguna etapa de sus vidas.

—Bueno, creo que volveré a mi habitación a poner todo al día con lo que me has dicho.

—Espera… —Escucha tras levantarse mientras se aleja sin ganas de volverse—. ¿Nos vemos mañana otra vez?

Ella prefiere no contestar, aunque sabe que organizará su paseo matutino para intentar coincidir con él. Cuando llega a casa de María, saluda sin más y sube a su habitación. No puede dejar de pensar en esa época en la que su sangre estaba igual de alterada como parece estar la de Lolo, y la suya, para qué engañarse. Así que comienza a narrar sobre el papel aquellos veranos no tan lejanos...

...

—Ey, ¿jugamos a la botella?

—Mejor a los cubitos de hielo. Además, con este calor… seguro que se derriten enseguida.

Poco más tuvo ninguno que añadir, así que empezaron a probar los labios y babas de cada uno, solo por no negarse a hacer algo guay y diferente. Tras unas cuantas rondas, la llegada de los alemanes buenorros y atrayentes, les pilló por sorpresa, dándose cuenta de que eran los mismos que habían visto por la zona de bares del pequeño pueblo costero. Cuando sus ojos agudizaron la vista, se dieron cuenta de que estaban como Dios los trajo al mundo.

Parecía una película de esas de rombos que les contaban sus abuelas y hacía que mandaran a los niños a la cama.

Irene no puede evitar reírse al recordar esas historias que vivió muy joven en los veranos del pueblo costero con su añorada yaya.

...

Al día siguiente, mientras la periodista devora las deliciosas tostadas que prepara todas las mañanas su magnífica casera, esta comienza a hablar:

—¿Descubriste ayer algo nuevo, hija?

—La verdad que no, si acaso solo me cercioré de que las hormonas de aquí no cambian a las de la ciudad. En todo caso por estos lares parece más divertido mantener en secreto lo que estas provocan. —No puede evitar sonreír al sentir que las suyas también han comenzado a revolucionarse a pesar de acercarse a la cuarentena y los chicos estar muy por debajo de esa época.

—Eso va con la naturaleza humana, hija. No sabes dónde, qué, ni cuándo se despiertan sin previo aviso. ¿Irás hoy a dar tu paseo?

—Sí, pero por la tarde. Esta mañana quiero comenzar el borrador de mi artículo porque presiento que algo va a pasar en breve explotándome en la cara, y quiero que esté todo listo. Además, querría terminarlo aquí y no en las oficinas de la redacción, la verdad.

—Pues ya sabes que si necesitas algo estaré por aquí abajo. Tú sube tranquila a organizar todo lo que creas poder necesitar. —Antes de darse la vuelta sonríe tan cariñosa que estremece a la periodista.

Antes de poner un pie en la escalera, llaman a la puerta de casa e Irene se gira para abrir. Cuando lo hace se encuentra con esa sonrisa tan falsa como inconfundible, la que tiene denominación de origen propio, vamos.

—¡¡Hola!! —Para efusividad la de la periodista.

—Pero qué buen aspecto por las mañanas. Yo era igual a tu edad. ¡Benditos cuarenta y tantos!

Y ahí lo deja la buena señora. Menos mal que Irene es demasiado educada para contestar que aún está lejos de esa edad.

—Muchas gracias, Carmen. ¿En qué podemos ayudarte?

—Solo quería marujear con María antes de abrir, hace mucho tiempo ya que no lo hacemos. Pero sin que se haga público, ya me entiendes. —Y le regala una de esas miradas suyas que parece atravesarla.

Sí, quizá puede no considerarse correcto, pero la periodista, con su portátil sobre las piernas, se sienta junto a la puerta abierta de su habitación y agudiza el oído para escuchar de qué hablan María y Carmen.

—¿Qué tal con esta chica, María? Porque te diré que me tiene con la mosca detrás de la oreja. ¿Tú te fías?

—Yo con ella no estoy alerta, que es el miedo que tuve al abrir la casa rural. Si quieres que te diga la verdad, más bien todo lo contrario —responde María sin pestañear haciendo sonreír a la periodista.

—A mí es que la gente de la capital que encima viene a buscar información…

—Mira, Carmen, en casa no puede ser mejor inquilina, y eso es lo que me importa.

—Ándate con el bolo colgando, María. No sea que te confíes y luego vengan los problemas.

En ese momento, sin saber por qué, parece que susurran algo antes de oír cómo Carmen cierra la puerta tras ella. Espera unos minutos y baja como quien no quiere la cosa a por un vaso de agua.

—Escuchaste, ¿verdad?

Antes de poder contestar, se oye un ruido seco, como si algo o alguien se hubiera desplomado. Tras mirarse inquietas, ambas salen lo más rápido que pueden a la calle. No pueden creer lo que ven sus ojos. Se quedan inmóviles sobre el escalón, paradas en seco sin mover un ápice de sus cuerpos, tampoco pueden articular palabra.

Carmen se encuentra tirada en el suelo con su sangre corriendo calle abajo y filtrándose entre las rugosidades de las piedras del suelo. María entra a llamar a una ambulancia mientras Irene se coloca junto a Carmen e intenta calmarla a la espera de que llegue la ayuda. Veinte minutos más tarde, dos sanitarios a pie, ya que la ambulancia no entra por la angosta calle, acuden a toda prisa y ella se retira para dejarles el mayor espacio posible. Mira alrededor y observa a cada uno de los curiosos que han aparecido de la nada para ser testigos del espectáculo entre cuchicheos. «¿De dónde ha salido toda esta gente?», se pregunta asombrada. La verdad que solo parecen los típicos cotillas, tampoco es policía para saber si hay algo más, pero ¿tantos? De todas maneras, si solo se ha caído, ¿de dónde sale tal cantidad de sangre si no parece tener una brecha considerable que lo explique? Entre los asistentes al cuadro, ve a Mory y se dirige hacia ella.

—¡Ey! ¿Qué haces tan lejos de tus gallinas? Y en el pueblo... Con lo poco que te gusta.

—*Oh my God, darling*. —Y se tapa la boca con una mano ante lo que ve.

—Sí, ¿verdad? Acabamos de salir María y yo al escuchar el golpe, no tengo ni idea de lo que ha pasado —comenta sin dejar a un lado que Mory no ha respondido a su pregunta.

—Mucha sangre, *sweet*.

No parece traer los huevos para la tienda de Carmen, así que la periodista no imagina qué hará tan alejada de su casa.

—¿Venías a hablar con ella?

—*Right*, hoy no huevos —dice sin apartar la mirada de Carmen.

Todo le parece muy extraño, pero no entiende la razón por la que puede estar relacionado con el incidente frente a ellas. Así que vuelve la vista a Carmen y observa cómo los sanitarios se la llevan a la ambulancia aparcada en la plaza. El aire parece tan denso y pesado como la primera vez que pasó a la trastienda, así que, decide ir a dar una vuelta y pasear un rato. No sabe por qué el color terroso del camino le lleva a una mudez absoluta, incluso con ella misma, cuando se topa con Menchu.

—¡Hola, guapa! Ayer por la tarde estuve con Lolo, podrías haber ido con él a dar un paseo y así estábamos los tres. —Y le guiña un ojo cómplice.

—Fui yo la que le empujó a venir por aquí.

—¿Qué dices? ¿Y eso? —responde Irene sorprendida ante su comentario.

—Sé que si alguien podía sacarle información esa eras tú. Además, vi cómo te miraba en el bar, ¿no te diste cuenta?

—A esa edad, todos quieren sacarle brillo al sable con alguien que no sean ellos mismos. Solo soy la novedad. —Se ríe ante su propio comentario.

—No estoy de acuerdo, pero todo lo que se pueda hacer por encontrar a Bruna bien está.

Desde que conoció a Menchu, la periodista ha creído que no es de las que da puntada sin hilo, así que comienza a afinar las pesquisas acerca de todo lo que está observando en tan poco tiempo. En ese momento una sirena, de lo que parece ser la policía local, para frente a ellas y bajan dos uniformados con una planta muy diferente a la de los calendarios.

—Buenos días —saluda el más mayor.

—Buenos días, agente —responde la periodista.

—¿Irene Íñigo?

—Sí, soy yo. —Al responder se pone en pie e intentar así que Menchu pase lo más desapercibida posible.

—Queríamos hablar con usted en la comisaría de Canchas de Abajo, ¿podría acompañarnos ahora?

—Claro, pero… ¿ocurre algo?

—El comisario prefiere hablarlo en privado, señorita Íñigo. —«Guau, toma halago, señorita ni más ni menos, ¡y sin tonito!», se dice con una sonrisa maliciosa.

No tardan en llegar y, menos mal, porque la agobia ir en la parte de atrás de un coche policial; se siente detenida.

Al llegar, el comisario está sentado en el despacho adonde la llevan.

—Siéntese, ¿quiere un vaso de agua? ¿Café? Aunque esto último no se lo recomiendo —comenta socarrón.

—Entonces mejor agua, me fío de su recomendación. —En este momento calca las sonrisas de Carmen y le muestra una igual de forzada.

—Ha llegado a mis oídos que vino desde la capital a investigar la desaparición de Bruna. —Ha de reconocer que en ningún momento esperó que alguien viniera de la capital a meterse en sus competencias—. Solo quería recordarle que en su momento nosotros ya nos encargamos de eso sin encontrar ninguna pista que nos llevara a su localización. No hace falta que le diga que si por alguna casualidad astral —y ahora la periodista sí percibe tonito—, obtiene información que no esté en nuestras manos, debe comunicarlo enseguida si no quiere ser acusada de obstrucción.

—Por supuesto, más aún con las molestias que se han tomado para encontrarme y traerme aquí —No puede evitar contestar Irene—. No dude que le mantendré informado, por supuesto antes de comunicarle a la revista mis avances.

Tras compartir unas sonrisas, que habría aprobado la mismísima Carmen, vuelve a verse de camino a Gascón, con la cabeza puesta en llegar a su habitación y anotarlo todo para que no se le olvide ningún detalle. Para según qué cosas su memoria es como la de Dory; la pececilla amiga de Nemo.

Le indica al policía que la lleva dónde se aloja, y tras saludar de manera rápida a María, sube los escalones de dos en dos y se sienta en el escritorio a escribir en su cuaderno de notas.

¡¡Viene la policía a buscarme!!

Encuentro con comisario que me advierte de lo que debo hacer para evitar ser acusada de obstrucción policial.

¿Esconde algo o es solo dejadez por su trabajo?

«¡Qué dolor de cabeza más tonto ante todo lo que pasa! Ahora sí que tengo que ponerme al cien por cien y dejar de ir con pies de plomo con los parroquianos. Cambio de plan. ¡Y a saco Paco!». Al menos esa tontería de comentario que no deja de repetir su sobrino, le provoca una sonrisa. Ya más tranquila piensa que charlará con María tras su entrada rauda y veloz.

—¡Ay, María! No sabes la que me ha montado la policía en Canchas de Abajo.

—¿¡Qué me dices, hija!?

—Lo que oyes. Qué manera de tratar a una forastera —responde negando con la cabeza.

—¿Y qué pasó?

—Pienso que solo ha querido asustarme —aclara—. Al final creo que solo ha pretendido dejar claro quién importa en el caso de Bruna, y no es precisamente ella.

—¡Ah, bueno! Demasiado ha tardado entonces. Ese hombre barrigón siempre va con su pose de estar por encima del bien y del mal. No te lo comenté antes por si desconocía de tu estancia aquí. Ya sabes, quien mucho presume…

—Ja, ja, ja. —No puede evitar carcajearse—. Sí me dio esa impresión, sí.

—Pues como te diga lo que ha pasado por aquí, te asombras más que con el encuentro con el barrigudo.

—¡¿Qué ocurrió?! Cuenta, cuenta.

—Han llegado noticias de Carmen. Fani, ya sabes, la enfermera que vive al final de la calle, trabaja en el hospital donde la llevaron. Está bien, o todo lo bien que cabe esperar. Pero solo recuerda que una chica se acercó a ella muy rápido con una piedra y se la lanzó.

—¿Y sabe quién es?

—Solo ha descrito cómo la recuerda, pero que no le suena haberla visto antes por aquí. Ni siquiera la tarde del

dichoso concierto. —Su expresión de frustración contagia a
la periodista que vuelve a sentirse descolocada al pensar que
se le escapa lo más importante de lo que pasa allí.

55

LOLO VINÍCOLA

Nada más desayunar, tras la tarde de ayer con el mal trago policial, la periodista busca matrículas de coches denunciados por robo, junto con sus bastidores. La redacción le mandó esa información el día anterior, así que cree que podrá comprobar si la policía de Canchas de Abajo ha realizado su trabajo tan bien como intentó hacerle ver el comisario. Revisa todo lo que le enviaron y parece otro callejón sin salida. Piensa que igual ha visto demasiadas series y películas policiacas. No sabe por dónde seguir ni cuál debe ser el siguiente paso, cuando oye unos gritos que parecen venir de la calle de atrás. Baja las escaleras hacia la entrada de casa y sale hacia donde oye el alboroto. Cuál es su sorpresa cuando ve a Menchu a gritos y fuera de sí frente a Lolo.

—¡Eh, chicos, chicos! —Intenta mediar Irene.

—No sabes lo que me ha dicho —responde alterada Menchu con los ojos llorosos.

—Pero ¡¿qué dices!? No mientas, tía.

—A ver, a ver. Vamos a sentarnos donde ese árbol y me contáis qué ocurre.

—Yo con este no voy a ningún sitio. Como lo oyes, Lolo. —Y se gira para mirarle agresiva y dolida—. Ah no, no me pongas ahora cara de cordero degollado.

—¿Sabes lo que te digo, tía? Que paso de ti. Pa. So. Piensa lo que quieras. —Y con las mismas se aleja de ellas.

—¿Pero qué leches ha pasado, Menchu? —pregunta Irene cuando Lolo ya está a suficiente distancia de ambas.

—Hasta las narices me tiene. —Y su expresión compungida no deja de pedir en silencio un fuerte abrazo.

—Tendrás que empezar por el principio. Anda vamos a nuestro banco y me cuentas, igual te calmas más allí. Venga, tranquila. —Y pasa un brazo por encima de sus hombros.

Cuando se sientan, Menchu rompe a llorar. Irene la estrecha con más fuerza sin dejar de pensar que debe llegar al final de las relaciones entre el grupo. Está segura de que ahí está la clave para descubrir los secretos que esconden los chicos y poder conocer el paradero de Bruna, viva o muerta.

De vuelta en casa de la señora María tras haber tranquilizado a Menchu, le cuenta lo que ha visto; la discusión entre Menchu y Lolo, y el consiguiente soponcio de ella.

—¡Ay, cariño! De nuevo el refranero español tiene frases para todo lo que me cuentas. Se me ocurre el de un tonto hace un ciento si se le da lugar y tiempo. Me da que es lo que pasa allí abajo en el grupo ese de mozalbetes que me contaste el día que volviste tras conocerlos.

—Pero ¿por qué? No dejo de preguntármelo. ¿Quién es el tonto que hace un ciento?

—Pues a raíz de eso te diré otro que viene también al caso, guarda pan para mayo y hierba para los caballos.

—¿Cómo entiendo eso? No me entero de nada —pregunta Irene con el ceño fruncido mientras se dibuja una sonrisa cariñosa en la cara de su casera. Esta se sienta junto a ella y casi en un susurro contesta algo aún más práctico que todo lo que acaba de oír la periodista—: Anótalo todo, no dejes nada en el tintero y un buen día sin esperarlo la respuesta surgirá sin más.

—Pues entonces me subo y espero a que la inspiración me pille trabajando.

Sin mediar más palabra va hacia arriba muy despacio sin dejar de pensar en cómo realizar una buena cronología de lo ocurrido tras el desayuno. Desde luego lo que sí sabe, es que al menos en el grupito que conoció, un tonto había mínimo y tras el refrán dicho por María, igual sí habría unos cuantos más que sigan a rebufo.

La luz deslumbra su habitación sin dejar ningún rincón a la sombra. Sin saber cómo ni cuál es el detonante, los dedos no dejan de bailar sobre el teclado de su ordenador. Escribe acerca de la disputa entre Lolo y Menchu, las posteriores lágrimas de esta y las reflexiones «refraneras» de María. Antes de la hora del almuerzo y sin haber parado un segundo, se da cuenta de cómo las gotas perladas de sudor, por no decir la lluvia intensa de agua salada que cubre su rostro y todo su cuerpo, le recuerdan no haber pasado aún por la ducha. Guarda todo lo escrito y tras coger algo ligero y fresco del armario, se dirige hacia el baño.

Tras una ducha refrescante en la que las baldosas coloridas del baño son capaces de animar a un muerto, decide ir a dar un paseo y que el aire probablemente caliente del ambiente, seque su pelo sin necesidad de potingues ni secador que lo estropee. La naturaleza seguro que hace el resto, «la que es guapa, lo es con mejunjes y sin ellos», piensa riéndose con una sonrisa de oreja a oreja tras despedirse de María y salir hacia el camino. Piensa que ojalá se encuentre a la enfermera que trabaja en el hospital donde está Carmen, o incluso con Lolo. «Espero que no estén enzarzados en un nuevo rifirrafe él y Menchu», se dice pensativa. La calle cada vez menos angosta y peor asfaltada, comienza a convertirse en el camino de tierra donde está el banco en el que se suele sentar con Menchu, o Lolo en su defecto.

—¡Ey, periodista! —Escucha de manera lejana.

Irene mira hacia lo lejos con la mano en posición horizontal como visera. No puede advertir quién la llama cuando detrás de una casa derruida, a la que no había prestado atención antes, sale entre risas Lolo. «Si antes lo pienso», comenta entre dientes mientras le saluda con un gesto de cabeza.

—¿¡Qué haces ahí escondido, bribón!?

—Pensé que sería más divertido encontrarnos en un sitio diferente a los bancos del camino, ¿te lo enseño?

Ella no sabe hasta qué punto puede fiarse de él, lo que sí sabe es que sin tomar riesgos no sacaría nada en claro para su investigación. Siempre destacó en la universidad, el máster y la redacción donde está ahora, por lo que tuvo en mente; los riesgos solo son algo necesario para conseguir su objetivo, sin importar cuáles sean. Cuando traspasa lo que se supone que había hecho en algún momento de puerta, allá por la época de la polca, una especie de mesa formada por unos tableros apilados, sostienen una botella y dos copas.

—¡Vaya puesta en escena, Lolo! ¿Qué querrás hacer en realidad? —pregunta en alto lo que piensa con los ojos en blanco y los brazos en jarras.

—¿Yooo? ¿¡Qué voy a querer!? ¿Por quién me tomas? Solo quiero hablar un rato mientras te doy a probar un vino que hago yo mismo. Para que luego no digas en la capital que los de pueblo somos unos mendrugos o no te hemos tratado bien. —Su sonrisa ladeada sorprende a la periodista, provocándole un intenso hormigueo en su entrepierna.

—Pues vamos a ello —acepta sin poder mantenerle la mirada.

Su sonrisa junto con una caída de pestañas, deja sobre la mesa habilitada por Lolo, una intensidad en el ambiente que ella no hubiera esperado al conocerle. No sabe qué diantres le pasa, solo que lleva demasiado tiempo centrada en su carrera y se ha olvidado de lo que es sentirse una mujer deseada, que acaricien su piel, aunque sea por un adolescente al que seguro dobla la edad. Vuelve a la sonrisa canalla de Lolo y el hormigueo se convierte en cientos de mariposas revoloteando por todo su cuerpo, formando un halo que la hace inspirar profundo y sonreír como si fuera una quinceañera más del pueblo.

—Mmmm, qué bueno está. —Se relame los labios, sugerente, fijando su mirada en él.

—Sabía que te iba a gustar, pero ¿está bueno el vino o yo? —pregunta antes de romper a reír guasón.

«¿Y si me doy una buena alegría lejos de casa y mi mente trabajadora? ¡Ándate con pies de plomo!», medita con su mirada lejos de él respondiéndose a sí misma.

—¿En qué piensas? No me digas que ahora Bruna y tu trabajo aquí nos van a cortar el rollo.

Sin mediar palabra y tras dar otro trago al vino, la luz que entra entre los viejos y raídos ladrillos parecen darle el atrevimiento que necesita para lanzarse sobre Lolo y que su lengua quiera conocer la de él. Este la mira, sorprendido, sin estar dispuesto a pasar la oportunidad de compartir un momento interesante, y ojalá que íntimo, con una chica de la capital, preciosa, lista, picante y, con seguridad, más experiencia que la de él. El beso no deja de animar a su entrepierna que lleva tiempo sin sentir algo tan vehemente con ninguna chica del pueblo. Sus manos masculinas y grandes no dejan de estrechar la cintura contorneada de ella. La cadera de Irene se aferra al bulto cada vez más prominente entre las piernas de ese chico con ojos color azabache y mirada apasionada que le hace sentir como la reina del baile.

Los movimientos de ambos se hacen cada vez más rápidos y agresivos pidiendo a gritos deshacerse de la ropa. Dicho y hecho, Irene se sienta sobre él y se desprende lentamente de la camiseta mostrando su sujetador negro de encaje que Lolo solo ha visto en las películas pornográficas que consume, cada vez más, desde que vio por primera vez a la mujer de la capital que ahora tiene sobre él casi desnuda. Piensa que, si así es su sujetador, cómo será lo que aún le falta por ver. La verdad que, desde que la conoció, esa novedad le tenía siempre *on fire*, como le gusta decir entre sus colegas. La vibración de un gemido agudo en su cuello hace que intente desabrochar los vaqueros de Irene que, al verlo, decide ayudarle entre sonrisas y miradas más que picantes: ardientes, íntimas y más que necesarias para ambos. Entre gemidos, agudos de ella y roncos de él, apenas se pueden oír los gorjeos de los pájaros del exterior, si es que había alguna diferencia entre fuera y dentro de esos muros casi destruidos por completo. Tras cinco minutos que le parecen un segundo y tras colocarle el preservativo Irene, Lolo se deshace dentro de ella sin poder controlarlo y ella cae sobre él cuando siente el desahogo en su interior. Las respiraciones aceleradas que resuenan hacen que Irene prefiera no pensar en el escaso tiempo que le ha sentido dentro y solo cierra los ojos colocándose a su lado a la espera de que él mueva ficha, hasta que un sonido cercano, rugoso y firme la sobresalta. Abre los ojos todo lo que puede y le parece ver una sombra en una de las esquinas de la casa.

—¡¡¡¡Lolooooo!!!! ¿¡Es esto lo que hacías cada vez que venías a este pueblucho!? Bueno tú y ella. Porque te habrá provocado, seguro. No tengo duda.

Cuando la periodista es capaz de fijar la mirada en la sombra, descubre a Menchu igual de cabreada que cuando los escuchó en la trifulca.

—¿Qué haces aquí, Menchu? —pregunta despertándose de golpe.

—¿Eso es todo lo que tienes que decir? Quería charlar como todos los días. Cuando no te vi en el camino pensé que estarías con tus investigaciones, pero ya veo que no. —Arquea las cejas incrédula. Mira es cierto eso de que la cara es el espejo del alma, estás bastante alterada.

—¿Tengo que darte explicaciones? Surgió así, es solo sexo y... —Lolo sigue a su lado y si está despierto, queda claro que no quiere tomar partido en lo que ocurre—. Mira no entiendo cuál es el problema —sentencia poniéndose de pie como puede, tambaleándose por un repentino mareo que piensa es debido a incorporarse demasiado rápido.

—El problema es que Bruna sigue desaparecida y por lo que veo nadie la busca. Primero abandonó la policía y ahora tú. —Su expresión es un poema que Irene no tiene ganas de entender. «¡Tanto tiempo a la espera de compartir algún tipo de intimidad para que termine así!», se lamenta antes de replicar a Menchu.

—Sí, estoy bloqueada. Perdona por no ser policía, y sí, una recién llegada que no se entera de nada de lo que pasa en vuestro grupo.

Acto seguido termina de vestirse entre oscilaciones y sale con paso no muy estable de aquella casa en ruinas, «¿qué demonios tenía ese vino?», se pregunta mientras se aleja con Menchu siguiéndola de cerca.

—No voy a permitir que se olvide a Bruna por tirarte a Lolo, ¿sabes? ¡¿Me estás escuchando?!

Irene ni se da la vuelta ni responde. Al llegar a casa y ver la mirada de su casera igual que la de una madre, no puede más que comenzar a llorar en su regazo.

—¡Ay, niña! Yo que no veía la hora de que aparecieras para contarte de lo que me he enterado, y llegas de esta guisa.

—No sé qué me pasa, perdona —dice la periodista entre hipidos por el berrinche que ha llegado sin previo aviso.

—Tú desahógate tranquila, todo fuera para que el resto entre bien, hija. Ya sabes, las cosas del pasado nunca quedan quietas donde las dejamos, lo mejor es expulsarlas —dice acariciando su espalda mientras la abraza.

—Hice una tontería muy gorda. No lo pensé y me acosté con un chico de Canchas.

—¿De ese pueblucho? ¡¡Cómo se te ocurre!? —pregunta entre risas—. Aquí hay algún que otro mozo mejor, te lo aseguro.

La periodista no para de preguntarse qué le pasa y si de verdad tenía tantas ganas de que la miraran como Lolo lo había hecho. «¡Mira! Si quería hacerlo es mi decisión y ya está. No necesito fustigarme, solo centrarme en lo que vine a hacer aquí. Aunque no haya estado nada mal mi momento con Lolo, a pesar de ser muy corto», se parlotea con una sonrisa tímida que no pasa desapercibida para María.

—Esa sonrisa me hace pensar que al menos lo pasaste bien, así que no pienses tanto y vamos a tomar una infusión fresquita mientras me cuentas.

—Todo empezó con un vino en la casucha esa donde comienza el camino...

¿EN SERIO?

Unos gritos sobresaltan a la periodista despertándola. Se levanta rápido con cuidado de no caerse o darse con la pata de la mesa cuando ve con los ojos cada vez más abiertos, como todos parecen correr hacia el camino, y un humo negro, o gris oscuro dependiendo del ángulo del que se mire, hace que sin pensarlo baje a la cocina aún con el pijama puesto y sin lavarse siquiera la cara.

—¡Vuelve a la habitación, niña, vuelve! No respires el aire que entra en casa. ¡Corre, corre, date prisa!

María lleva un pañuelo tapando boca y nariz, e Irene regresa a su habitación sin tener idea de qué leches pasa esa mañana. Coge la ropa del día y va hacia el baño donde se desliza bajo la ducha antes de pensar qué buscar en internet acerca de lo que está pasando. Igual aún ni está en las noticias de los buscadores más importantes. Nada más terminar se embadurna de colonia cuando escucha un portazo que retumba en toda la casa. Tras dar un respingo por el susto grita:

—¿María? ¿Está bien?

Ante el silencio como respuesta, se pone la toalla de manos en la boca y se asoma por la escalera. Nada. No oye ni a su casera ni ruido alguno, así que decide bajar despacio los escalones bien atenta a todo lo que pueda escuchar o ver, ya sea fuera o dentro de la casa. La verdad es que el silencio es ensordecedor. Cuando llega al último escalón María entra en casa con la respiración entrecortada y una mirada lacrimógena llena de angustia. Antes incluso de que la periodista pueda reaccionar, su casera la estrecha con fuerza y el pecho agitado.

—¿Qué necesita, María? Solo dígame y lo haré.

En la calidez que se ha formado entre ellas, un par de golpes fuertes en la puerta retumba en toda la casa y hace que se separen.

—¡¡María!! ¡¡María!!

—¿Quién demonios es? —pregunta Irene.

—Parece la voz del reverendo. Mira a ver anda.

Abre despacio, el cura empuja la puerta y entra rápido sin cruzar palabra, con la mirada fuera de sí.

—¡¿Qué pasó, María?! —Y la zarandea con agresividad ante la mirada atónita de la periodista que no tarda en tomar partido.

—¡Eh! Tranquilo, padre. No creo que esa actitud ayude a María. ¿Qué es lo que ha ocurrido?

—Aún no se sabe, por lo menos los bomberos parecen haber controlado el fuego.

—¡¿Pero qué fuego?! No tengo ni idea de lo que está hablando, ¿tengo que salir a la calle para enterarme?

—No, hija, no. ¡¡No salgas!! Por favor. Vamos a la cocina y te contamos con más calma —solloza su casera.

Dicho y hecho, allá van los tres como si fueran una familia bien avenida. Mientras María prepara una de sus infusiones aún con el pulso nervioso y oscilante, Irene no deja de sentir el silencio incómodo ante la mirada adusta del reverendo.

«Nunca entenderé a este señor...», se dice intentando no cambiar el rictus de su cara.

—Aquí tenéis. —Menos mal que María se une a la diversión de la mesa—. A ver si nos calma un poco. Mira, Irene, esta mañana un humo más negro que gris, comenzó a inundar el pueblo sin saber de dónde venía. Enseguida salimos todos a la calle para ver si podíamos hacer algo. Por cierto, padre, ¿se sabe ya el origen?

—Creo haber oído que podía provenir de la antigua casa derruida del final del pueblo, pero creo que todo son especulaciones —responde frunciendo el ceño—. Esa casa, por llamarla de alguna manera... —continúa sin relajar su expresión.

—Eso me temía. Esa casa debería haberse derribado hace años ya.

—¿Habláis de la que está junto al camino de tierra?

—Claro, mujer. ¿¡Qué no atiendes!? —pregunta desagradable.

—Sí, sí, solo quería estar segura, padre —responde Irene tragándose todos los sapos y culebras que saldrían de su boca si la abriera.

Cuando al fin el cura se marcha, María e Irene se ponen a recoger los restos que están en la mesa de la visita improvisada.

—Lo siento, María, pero no creo que pueda llegar a tener afinidad con este hombre.

—Piensa que al menos en algún momento te lo quitarás de encima, yo seguiré con él bien cerca —comenta su casera con los ojos en blanco y lo que parece un atisbo de sonrisa.

Otra vez esos dichosos golpes en la puerta.

—¡¡Cómo vuelva a ser él te juro que no respondo, hija!!

—Tranquila, yo abro.

Desganada por quien pudiera estar detrás de la puerta y la mañana que lleva, Irene vuelve a las sonrisas que tanto había puesto en práctica con Carmen. «Por cierto, a ver si le pregunto a María por ella», se recuerda parada frente a la puerta. Abre sin más, preguntar está sobrevalorado en un pueblo tan pequeño, aunque visto lo visto. Abre sin darle más vueltas y encuentra a Menchu con una expresión indescifrable, pero que a la periodista le parece de un terror profundo y doloroso.

—Menchu, ¿qué ocurre?

—¿Te enteraste?

—¿Del fuego? Sí, claro. Menuda mañanita llevamos.

—No os quedéis ahí, chicas. Pasad y os pongo algo.

De nuevo en la mesa de la cocina, Menchu agarra con las dos manos y mucha fuerza la taza humeante que le acaba de dar María. «Esta vez parece ser una infusión caliente. Espero que la mía esté fría», observa Irene con la mirada fija en la bebida de Menchu.

—¡¡Nos podía haber pillado el fuego con nosotros dentro!! Lolo no se lo podía creer cuando se lo he dicho. ¿Por qué lo habrán hecho?

María, de espaldas con las manos bajo el grifo lavando las tazas anteriores, se vuelve con expresión interrogativa antes de decir:

—¿Por qué crees que ha sido provocado? —pregunta con cara de pocos amigos antes de contestarse a ella misma—: Esta mañana hacía mucho aire, una colilla mal apagada, una quema agrícola... Cualquier cosa pudo originarlo.

—No, no. Está claro que a alguien no le gustaba que Lolo hiciera su vino tan de moda en Canchas. Al vernos allí el otro día, seguro que quisieron avisarnos de que paráramos nuestro pequeño negocio. Queremos que tenga denominación de origen y esas cosas tan chulas, pero parece que emprender por aquí no está de moda ni bien visto. Hay mucha mala gente...

—No tenía ni la más mínima idea, la verdad... ¿Bruna también está metida en ese negocio? —indaga Irene.

—¡¿Qué dices?! Que va, que va —sentencia Menchu negando con la cabeza sin retirar la mirada de su infusión—. Igual si hubiera estado metida ella, esto no hubiera pasado, ya sabes, con tal de no hacer nada a la más popular, ni se hubieran atrevido.

María no parece estar convencida del argumento de Menchu, que al igual que la periodista parece recelosa. Un largo silencio envuelve a las tres cuando un ruido en el piso de arriba sobresalta a las chicas que se miran con los ojos inyectados de miedo.

—Tranquilas, no os preocupéis. Tiene pinta de ser una fuerte ráfaga de viento —dice María.

—¿Y entonces por qué aquí ese viento del que hablas no se oye? —protesta aireada Menchu con la mirada puesta en la casera de Irene.

La periodista les comenta que será ella la que suba a ver qué es, poniendo una mano tranquilizadora y con dulzura en el hombro de Menchu. Sube cada peldaño con mucha calma y también miedo —todo hay que decirlo— que espera no haber mostrado en la cocina. En el penúltimo escalón este cruje e Irene se tapa la boca para ahogar un grito que pueda asustar abajo. Aunque no sabe muy bien lo que es en realidad Menchu en su vida, en el fondo apenas la conoce y su último encuentro después de lo de Lolo fue más que confuso.

Su habitación está al final del pasillo, mientras que la de María se encuentra al principio. A pesar de ser aún de día todo está oscuro, igual por el humo que debe cubrir aún todo el pueblo, así que sin darle más vueltas decide ir a su cuarto y luego volver sobre sus pasos cuando descubra que la señora María tenía razón acerca del ruido. La verdad es que no se plantea otra opción. Cuando va por la mitad del pasillo, más deprisa que cuando subió, de nuevo el mismo golpe que habían escuchado abajo la sobresalta y sale corriendo hacia su habitación. Cierra de golpe y enciende la luz. Se mantiene quieta unos segundos apoyada en la puerta y comienza a escudriñar cada rincón. No ve nada fuera de lo normal cuando se repite el mismo sonido; fuerte, breve, penetrante. Y otro, tras lo que le sigue uno más. Siente que sus pies están pegados al suelo y no quiere moverse. Cada vez los ruidos son más seguidos e Irene aún no sabe de dónde vienen. Se tapa la cara con ambas manos y respira de manera profunda y prolongada antes de retirarlas y observar con mayor atención. En el silencio de la casa, aún con los ruidos que la han llevado arriba, decide acercarse a la ventana, de donde parecen originarse. A pocos pasos de esta uno, mayor que los anteriores y más cercano, la asusta dando un paso atrás. Se aproxima algo más tras unos segundos y ve una mano intentando agarrarse al alfeizar. Parece pasar todo a cámara lenta cuando un mechón castaño, bien fijado de punta con grasienta gomina, asoma por fuera de la ventana.

—¡¡¿Se puede saber qué haces ahí?!! —clama Irene como una loca sin ningún filtro.

No se da cuenta que, con la ventana cerrada, nadie puede oírla a través del cristal, aunque sus gestos sean lo suficientemente elocuentes y Lolo no tenga ninguna mano libre para poder responder con algún gesto. Ella parece percibir qué ocurre y abre con cuidado para que pueda entrar en la habitación. Cuando lo hace de manera desgarbada y puede ponerse en pie, va hacia la cama y se tumba.

—¡Joder! Estoy hecho polvo, no veas lo que cuesta subir hasta aquí. Algún mimo me merezco, ¿no?

—Deja de decir tonterías, ¡¡¿qué leches haces aquí?!! ¡Contesta! Mi casera y Menchu están abajo asustadas por tus ruidos. ¿No has pensado que si cuesta tanto es porque la fachada de la casa no se hizo para subir por ella?

Él se carcajea déspota antes de levantarse, se acerca despacio a Irene y pone sus manos en la contorneada cintura de la periodista.

—¡No te atrevas! —escupe intentando zafarse de él.

—¡Eh, venga! Es un acto romántico, nena.

—¿Quieres que incendien también esta casa? Ya puedes comportarte como un adulto, que ya tienes edad. Así que vamos abajo.

—¿Con Menchu? No, no, ¡¿qué dices?!

—No sé qué rollito tenéis, pero si quieres que lo que sea que haya entre nosotros dos siga adelante —aconseja sabiendo que solo sería amistad antes de continuar—: debes bajar por las escaleras, no por donde subiste, así que... —e indica con las manos la puerta.

Bajan despacio las escaleras, él con más miedo que vergüenza y ella pendiente de que no haga un quiebro y se escape por la puerta que está junto al último peldaño. Al aparecer, en la cocina, María sonríe y Menchu se pone en pie empujada por la ira que se refleja en su cara al verle.

—¡¡¿¿Pero qué demonios haces tú aquí!!?? ¿Te crees un Romeo que se cuela en la casa de su Julieta?

—Solo quería hablar con Irene y no me apetecía ver a quien pudiera estar por aquí después del barullo de hoy.

—Barullo que según dicen has podido provocar tú con tu vinito, jovenzuelo.

—Pero quizá no sea por eso, señora —puntualiza agachando la cabeza, avergonzado.

—Yo... Yo no sé qué pinto aquí. Parece una mala obra de teatro, aquí os quedáis la familia feliz. —Y con las mismas, Menchu pone pies en polvorosa y va hacia la puerta sin que nadie la detenga.

—A ver, hijo, siéntate aquí y cuéntame ese negocio tuyo.

Mientras ellos hablan, Irene va a por café para todos. Al sentarse en la mesa escucha de nuevo cómo habla María:

—Pues sí que deben estar bien anclados los canalones, ahora que lo pienso.

—Ni que lo diga señora, y le juro que no les dejé ni un rasguño —añade aún sin poder levantar la mirada hacia ella—. La verdad que mi vino solo tiene cantidades mínimas de benzodiacepina para provocar confusión y algo de desorientación.

—¡¡Pero eso es gravísimo!! —exclama María asustada a la par que sorprendida.

—No, no, no. No se asuste, señora. Son cantidades mínimas que no pueden afectar a la salud, créame.

—Yo es que alucino contigo, ¡¡y lo dices como si nada después de lo que me has prometido en la planta de arriba!!

—Sea como sea, tranquila, hija —dice María ladeando la cabeza antes de volver a dirigirse a Lolo—: me parece muy altivo por tu parte pensar que tienes ese control, ni creo que seas un joven prodigio de la medicina. ¿Qué pretendías al dárselo a Irene?

SAÚL, MENCHU Y LOLO.

—La verdad que no sé en qué pensáis los chicos de hoy en día. Tantos aparatitos para no poder conseguir nada por vosotros mismos. ¿Os compensa? Ya ni os esforzáis en conquistar a las chicas por vuestros propios medios —suspira con la mirada perdida.

—Discúlpeme, María, prefiero estar tranquila lejos de él. Voy arriba.

Ya sin Irene con ellos, Lolo se despide y la casera trastea en la cocina sin dejar de pensar qué está pasando en su pueblo. Ese que siempre fue tranquilo, sin bebidas adulteradas, pastillas ni desapariciones.

De nuevo un ruido hace que la taza que tiene abrazada con las manos caiga al suelo resquebrajándose en mil pedazos. «Por el amor de Dios y todos los santos. Me estoy volviendo paranoica. Con cada ruido me altero, todo se me cae de las manos con el temble-que constante que tengo», se dice en silencio con los ojos cerrados.

—María, ¿se sabe algo nuevo de lo que pasó? A la iglesia tan apartada pocas noticias llegan, y los cuchicheos no es que sean muy creíbles, usted me entiende.

—Una pregunta, padre, ¿por qué de repente aparece tanto por mi casa? ¿El chico ese se dejó la puerta abierta? —Y se da la vuelta para ponerse de cara al párroco.

—Si le soy sincero, esa chica que está alojada aquí me tiene intranquilo.

—Eso no responde a mi pregunta, ¿cómo diantre entró? Y ya de paso contésteme: ¿qué problema hay con Irene?

—No me provoca la misma sensación que el significado de su nombre.

—¿Y cuál es? Porque seguro que está deseando decírmelo —contesta sentenciosa.

—No, no. No me malinterprete, María, solo me preocupo por usted.

—Antes de que ella llegara nunca se pasó por mi casa, ¿no dicen que mentir es un pecado, padre?

Al final de las escaleras, la periodista está agazapada intentando esconderse escuchando la conversación; «ya decía yo que este hombre era pájaro de mal agüero», maldice negando con la cabeza. Justo cuando va a ponerse de pie se trastabilla, haciendo que el párroco se levante con brusquedad por el ruido, vaya hacia donde lo ha oído y ve cómo la periodista está con gesto de dolor en el suelo sin poder levantarse.

—¡Hija! —Acude María en su ayuda—. A ver, cógete de mí que te ayudo—. Al mismo tiempo el cura no se mueve un ápice para ayudar.

—Tranquilo, padre, no se preocupe, no necesitamos que nos eche una mano —comenta con el ceño fruncido Irene.

Cuando su casera la ayuda a tumbarse en la cama, acaricia su cara y tras preguntarle qué necesita, vuelve abajo a por el botiquín.

—Será mejor que me vaya, no veo necesaria mi presencia aquí.

—Ya sabe dónde está la puerta —replica María abriendo el congelador para coger hielo mejor que el botiquín.

Tras un sonoro portazo, la casera vuelve arriba y la ayuda a colocarse el hielo en las posaderas entre miradas divertidas.

—No me digas que no es truculento el señor de Dios aquí en Gascón —alega la periodista.

María se ríe y contagia a Irene que se retuerce de dolor, quizá más por los movimientos que le provocan las risas que por la caída. Su casera vuelve a la cocina cuando llaman a la puerta con fuertes golpes. «No sé para qué tengo timbre», se repite mientras marcha hacia la entrada. Cuando abre ve a un chico castaño con mirada profunda y algo tímida.

—¿Sí…?

—Hola, perdone que la moleste, ¿está Irene?

—Pues ahora mismo se encuentra tumbada en su cama, no sé si querrá recibir visitas, la verdad. Espera, será mejor que suba a ver.

Con una habilidad pasmosa a ojos de él, va a preguntar a Irene si quiere ver a ese chico con ojos tan intensos. De nuevo abajo, le anima a subir y le indica cuál es su habitación. Tras una sutil llamada a la puerta, entra y observa a Irene que se sorprende al verle e intenta sentarse sobre la cama, aunque sea de aquella manera tan poco estilosa por el dolor y el hielo.

—Hola, ¿qué haces aquí, Saúl?

—¡¿Cómo que qué hago?! Oí en la taberna el incendio de la casa abandonada de Gascón. ¿Qué querías que pensara? En Canchas solo se habla del dichoso vino de Lolo y sabía que no tardaría en conseguir que lo probaras. ¿Fue así? ¿Lo hizo? No me tomes por loco, pero creo que todo está relacionado.

—Espera, espera, por partes. ¿Qué se dijo del fuego?

Saúl se sienta sobre la cama junto a Irene.

—Pues que se había incendiado la casa abandonada de aquí, y me asusté. Sé que pasas todos los días por ahí para tus paseos.

—¿Y de lo del vino? ¿Qué me dices de eso?

—Todo el mundo en Canchas sabe de los negocios de Lolo con el vino ese que se trae entre manos... No es precisamente saludable, más bien es un peligro para la salud.

—Ya será para menos, Saúl.

—¿Tú crees? Yo no confío en nadie sin conocimientos médicos para tener entre manos esas sustancias. —Y arquea las cejas antes de negar con la cabeza.

—En eso tienes razón. ¿Me acompañas abajo para cambiarme el hielo que va a parecer que me hice pis encima? —Y sonríe con dulzura al mismo tiempo que le tiende la mano para que la ayude a levantarse.

Cuando llegan a la cocina, la periodista muestra una cojera bastante llamativa y Saúl la coge del brazo por si pierde el equilibrio; no es que vea sus pasos muy seguros.

—¿Qué tal estás, cariño?

—Parece que mejor, María. Gracias por el hielo, aunque ahora estoy empapada. —Y se ríe divertida antes de seguir—: Saúl solo ha venido para ver cómo estaba con todo el lío del incendio y el dichoso vino de Lolo.

—Tú no estás metido en ese tinglado, ¿verdad?

—No, no, señora, yo no —farfulla tímido—. Por eso vine a ver cómo le había sentado a Irene, y además con el incendio, necesitaba conocer de primera mano cómo se encontraba.

—Buen chico entonces. Ya ves que está muy bien, ¿no? —apostilla tunante.

—Bueno, bueno, no hay que serlo sino parecerlo —dice mirándolo con ojos intensos Irene.

—No solo lo parezco, te lo demostraré. Conozco a Lolo y sé cómo se las gasta.

Tras irse Saúl, María se queda con ganas de saber si ese chico busca algo más con su visita. Ya sin él, la periodista se queda sentada en la mesa observando cómo trajina María en la cocina. Está claro que le gusta estar ahí haciendo sus cosas, no como a ella que tiene aversión por todo lo relacionado con la cocina.

—¿Qué crees que está pasando aquí, María?

—No tengo idea, cariño, solo sé que parece que todo lo que sucede solo te aleja de la búsqueda de la chica esa. ¿Cómo se llamaba?

—Bruna.

—¡Ay esos nombres de ahora que tanto me cuesta recordar! Sí, es como si a cada paso que das algo te obligara a dar dos atrás. ¿Acaso hay algo más poderoso que la distracción?

—En eso tienes razón. Como dice mi madre de buena tonta. Tengo que centrarme y no distraerme tanto, pero aquí no dejan de pasar cosas.

—No creo que seas nada tonta, pero sí muy buena a la par que confiada. —Su mirada está colmada de cariño y aprecio.

La periodista va al salón y enciende la tele por si en las noticias locales muestran imágenes del incendio o dan alguna información. Tras varios minutos haciendo *zapping* sin encontrar nada acerca de lo ocurrido, pone el pie sobre la mesa de centro y se da cuenta que no bajó el móvil de la habitación. Igual por eso se siente libre sin echar vistazos al aparatito a cada momento. Un pinchazo en el culo le recuerda que se olvidó el hielo en la cocina. Como si le hubiera leído la mente, María aparece con hielo y una sonrisa que ilumina toda la estancia.

—No sé qué haría aquí sin ti —dice Irene con una sonrisa que espera transmitir todo lo que significa para ella su casera.

Poco antes de estar preparada la comida, la periodista va a dejar el hielo antes de subir a retomar sus notas, algo olvidadas en los últimos días. Nada más sentarse en su escritorio apunta bien grande, para que no se le olvide, volver a Canchas y buscar a Saúl. La verdad que le ha parecido un detallazo que se haya interesado por ella sin apenas conocerla. «¿O será como Lolo? ¡Qué estúpida fui entregándome a él como si fuera una jovenzuela!», piensa al mismo tiempo que lee algunos de sus apuntes. Más tarde vuelve abajo, ayuda a María a terminar de preparar la comida y comenta con ella lo revisado en las notas. La verdad que su opinión se ha vuelto más que importante, muy necesaria. Después de la comida, echada en el sofá con una fina colcha por encima, descubre cómo la telenovela que ve cada tarde María consigue inducirla sin darse cuenta en un sueño donde parece ver desde fuera lo que pasó la noche del fatídico concierto.

Puede advertir cómo el grupo de amigos ríe y baila sin preocupaciones, con Menchu alejada más de ellos de lo que cabría esperar. Bruna parece ser el centro de atención y a ella parece gustarle mucho esa sensación sin preocuparle cómo se siente su amiga, si es que de verdad lo es. Va excesivamente arreglada en comparación con Menchu que parece mirarla con envidia sin que los chicos se den cuenta ni se preocupen de ese detalle. Lolo y Raúl se acercan más a Bruna de lo que cabría esperar de unos amigos y sin que parezca molestarse ni dejar de beber cada copa que le dan los chicos. No hace ascos a nada. Sin saber por qué se aleja del grupo y en una pequeña calle, que podría ser la calleja oscura, se encuentra con un chico con el que, tras discutir a gritos alternados con besos, la mayoría robados por él, se van abrazados a una zona del pueblo que no puede ubicar cuando un disparo despierta a Irene que se sienta de golpe sobre el sofá asustando a María, que se lleva la mano al pecho mirándola sobresaltada.

—¡¿Qué pasa, hija?! ¿Un mal sueño? Vaya susto, estás sudando a mares.

—Sí, qué mal trago. Soñé que veía todo lo que pasó la noche del concierto. Oí hasta un disparo.

—Eso ha sido de la novela, pero no desconfíes de tu subconsciente y todo lo que te ha mostrado. Nuestra mente sabe y recuerda más de lo que creemos.

—Está claro que todo lo tengo que tener en cuenta, sí.

Sin añadir más va al baño a echarse agua en la cara e intentar poner todo en orden. El reflejo de sus ojos en el espejo le provoca un escalofrío, quizá por darse cuenta de cómo su cabeza cree poder saber qué le pasó a Bruna la dichosa nochecita que la llevó a ella allí. «Igual es solo una anomalía, no te emociones. Ni que seas pitonisa», reflexiona con una sonrisa cuando el sonido del timbre retumba en toda la casa sobresaltándola. Va hacia la puerta y al abrir se sorprende al ver a Menchu.

—¡Qué sorpresa verte aquí y no en nuestro banco! Tienes mala cara, ¿te ocurre algo?

—¿Puedo pasar?

—Sí, vamos a mi habitación.

Cuando las dos chicas están sentadas en la cama, Menchu rompe a llorar desconsolada como si de repente hubiera dado a un interruptor, antes incluso de que ninguna dijera nada.

—Eh, eh, eh... —dice la periodista acercándose para abrazarla mientras Menchu se sorbe la nariz agitada.

—Es Lolo.

—¿Qué pasa con él? —pregunta Irene frunciendo el ceño con los ojos en blanco.

—¿Qué no pasa más bien? Es que, de verdad, me tiene hasta el moño. Desde que tuvisteis lo que fuera que vi en la casa abandonada, no deja de pavonearse y me deja de lado como si yo no existiera. No sé qué leches le hiciste, pero está...

—No, no, no, quítate eso de la cabeza. Todo fue producto de su dichoso vino, créeme. Yo igual me dejé llevar por temas que no vienen al caso y él... Bueno, ya sabemos cómo funcionan los chicos a vuestra edad.

—Últimamente solo se centra en él y parece que lo que fuera que compartíamos él y yo en su momento, solo hubiera existido en mi cabeza. No sé qué pensar, la verdad.

—No lo pienses así. Mira —e Irene fija la mirada en el techo separándose de ella—, igual está muy centrado en su nuevo negocio y no quiere probarlo contigo ni que te involucres por lo que pueda pasar.

Menchu abre los ojos dubitativa pero animada, como si le hubieran dado la mejor idea del mundo antes de abrir la boca.

—Oye pues igual tienes razón y lo que hace es comportarse como un caballero mientras yo hago de las mías al pensar como siempre que la culpa la tengo yo y a nadie le importo.

—Eso es; cree en ti e irradiarás una fuerza como nunca antes hubieras imaginado.

Un sonido en la puerta hace que la periodista deje de mirarla y enfoque sus ojos allí.

—¿Sí?

—Cariño, soy yo, es el chico ese de Canchas del vino que pregunta por tu amiga.

—Ahora bajamos, María. —Y vuelve de nuevo la vista a Menchu antes de hablar—: ¿Qué me dices, bajamos o te quedas aquí?

—Si no te importa, prefiero estar aquí mientras hablas tú con él, por favor. Aún no me siento preparada para aplicar tu consejo.

—Tranquila, mi boca está sellada. —Y le guiña un ojo antes de bajar.

Al llegar a la entrada encuentra la puerta cerrada, y según se acerca a la cocina a preguntar a su casera, escucha cómo esta interroga a Lolo como si de una madre se tratara.

—¿Qué quieres sacar en realidad de ese vino tuyo? ¿Algo de dinero? ¿Ser del que más hablen en tu pueblo?

—No, señora, de verdad. Yo…

—¿Qué quieres, Lolo? —pregunta la periodista según entra donde están.

—Hola, princesa, solo…

—Nada de princesa, con Irene es suficiente.

—Tranquila, ¿vale? No quiero molestarte, solo preguntar por Menchu. No hace falta que seas tan borde.

—¿Qué quieres preguntar?

Menchu se acerca a la puerta por si puede oír algo, pero antes de que se entere de nada, mueve negativamente la cabeza cuando solo escucha el silencio antes de que comience a crujir la escalera.

SAÚL

María trajina entre fogones sin dejar de pensar en lo que pasa en su pequeña villa, porque sí, así la siente desde que de niña correteaba por las calles que le parecían tan grandes y ahora no solo las percibe pequeñas, sino manchadas de un comportamiento juvenil muy equivocado que trae problemas a todos los parroquianos, la primera a Carmen.

—Buenos días, María. —Su casera se sobresalta saliendo de su bucle de pensamientos y responde con una sonrisa como a las que está acostumbrada Irene.

—Hola, mi niña. ¿Dormiste bien?

—La verdad es que no mucho. Esos dos que estuvieron aquí ayer me traen por la calle de la amargura, para qué te voy a engañar. Sé que ya con la edad que tengo, no solo mi cuerpo, sino mi manera de pensar ha cambiado muchísimo y me cuesta recordar por qué pueden sentirse como dicen y comportarse como lo hacen. A lo mejor solo es por la diferencia de vida entre un pueblo y una ciudad.

—Pero ¿qué dices? Estás fantástica, no hace falta más que verte y, además, piensas sin prejuicios; justo lo que les falta a ellos que no tienen sesera. Si la tuvieran, ni hubiera desaparecido esa chica ni se dedicarían a perder el tiempo con negocios de drogas.

—Gracias, la verdad es que en días como hoy necesito escuchar eso. ¿Cómo lo haces para elegir siempre las palabras correctas?

—Ay, hija, porque tengo más años que un árbol. —Su sonrisa se funde con esa mirada suya tan cariñosa.

La periodista se levanta de la mesa para abrazarla y sentir en su cuerpo que no es solo lo que escucha lo que siente en su pecho. Esa mujer se ha introducido en ella como si fuera una dulce y fresca brisa de la que no quiere desprenderse. Tras separarse, sube a ducharse antes de dar su paseo.

Lista y preparada se encamina al lugar de siempre, tampoco es que hubiera muchos más donde elegir, pero esta vez se siente nerviosa por no saber con qué jaleo se encontrará.

Una sonrisa inconsciente se muestra en su cara al vislumbrar lo que muestra el horizonte. «Al fin algo que me apetece ver o, al menos, no me altera ni supone ningún esfuerzo anímico que me haga perder energía», piensa animada mientras se acerca hacia él.

—¡Hola, guapísimo! Qué alegría que seas tú el que está por aquí.

—Vi a Menchu y Lolo en la cafetería tomando algo y pensé en alejarte de ellos por si venían. ¿Damos una vuelta? ¿Algún sitio al que te apetezca ir?

—Aún tengo dolorido el tobillo por esa caída tonta que tuve, así que no sé por aquí dónde puedo estar sentadita tranquila sin malos encuentros, ya me entiendes.

—Dame la mano, que voy contigo a los columpios y allí te sientas.

Durante el camino, que la periodista solo había visto desde lejos cuando subió al monte nada más llegar, el silencio que impera entre ellos solo es interrumpido por la emoción en la cara de Saúl y sus palabras:

—Mira —le comenta con un brillo ilusionado en los ojos—, todos para nosotros, que ya es hora de olvidarnos, aunque sea por un momento, de drogas, desapariciones y postureos varios. —La coge de la mano y tira de ella hacia la arena del parque infantil.

Irene no puede disimular su enorme sonrisa ni la expresión de felicidad que se refleja en su cara, provocando que Saúl la estreche con fuerza antes de que ella se suba al columpio mucho menos ágil que cuando era pequeña.

—Perdona que no deje de mirarte. —Su expresión muestra una adoración excesiva para el tiempo que la conoce, pero le da igual, lo siente y no quiere darle más vueltas antes de continuar—: Estás preciosa cuando nada parece atormentarte.

—Vaya... ¿cómo te puedes llevar bien con el grupo? De verdad que por más que lo pienso no lo entiendo.

—Quizá por eso decidí ir a la universidad. Salir de aquí era mi mayor objetivo y con estudios se me abrían más puertas. —Chasquea la lengua y por primera vez su mirada se ensombrece.

—Ey. No, no, no. —Irene se baja del columpio de manera desgarbada y le abraza con fuerza—. Vamos a pasear por aquí despacito y aprovechamos la tranquilidad que se respira.

Durante su paseo apenas dicen nada, solo las palabras que se materializan en sus miradas cada vez que estas se cruzan.

—¡Eh...! ¡Tortolitos! Fíjate qué sorpresa.

Irene y Saúl se dan la vuelta y el gesto ceñudo de Lolo, se convierte en una superioridad evidenciando que, el asombro inicial al verlos, le ha dolido más de lo que hubiera querido.

—Y luego os echáis encima de mí por el dichoso vino. ¡A saber qué tomáis vosotros!

Saúl va hacía él, decidido, con los puños cerrados. La periodista se pone delante de él intentando evitar una posible pelea que solo empeoraría las cosas.

—No merece la pena, Saúl. De verdad, vámonos y que él diga lo que quiera.

—Llevo dejándoles hacer y deshacer demasiado tiempo ya. Es hora de dejar de agachar la cabeza.

En ese momento, la periodista está entre ambos dudando de que las testosteronas del ambiente no caigan sobre ella en forma de puñetazo perdido cuando aparece Menchu por una pequeña calle.

—¿Ves lo que ha provocado que te acostaras con Lolo, tía? No sé cómo será en la capital, pero aquí no está bien visto que te restriegues con dos chicos del mismo grupo de amigos.

—¿Amistad llamas a esto? —Y señala a las dos separadas apenas un metro—. ¿Y me lo dices tú? Comprendo que vuestra edad está muy por debajo de la mía, pero esto ya pasa de castaño oscuro.

Las miradas afiladas de ambos chicos y de Menchu son cortadas por el gesto de Irene que coge del brazo a Saúl y se dirigen a la casa rural, donde ella espera poder dejar atrás el momento adolescente vivido junto a los columpios.

—¡Eso, eso! Corred como cobardes y seguir malmetiendo contra quien no puede defenderse.

Al oírlo Saúl se da la vuelta e Irene lo coge de nuevo, esta vez más fuerte, de la mano que tiene más cerca para poder encaminarse de nuevo a la seguridad de la casa de María. Cuando llegan, esta se sorprende al ver sus expresiones y comienza a calentar una tetera para que beban algo que pueda tranquilizarles mientras ellos se sientan en silencio en el sofá. La periodista prefiere que él se calme antes de hablar de lo ocurrido y decide ir a la cocina. Nada más entrar María susurra:

—¿Qué pasó, cariño?

—Fuimos a desconectar de todo lejos de los caminos habituales, y en el parque infantil de arriba aparecieron Lolo y Menchu para increparnos.

—¿Y tu trasero? Porque habéis llegado agitados, ¿un poco de hielo?

—Sería perfecto. Voy de nuevo al sofá con Saúl y aprovecho para ponérmelo allí.

Ya con el hielo se sienta junto al chico y parece que él se ha relajado un poco o su expresión corporal así lo indica. En cuanto la siente a su lado se gira hacia ella con expresión triste, y poniendo su mano sobre una de las de Irene, comienza a desahogarse con las palabras que necesitan escapar de su mente.

—¿A quién se refería Lolo con lo de quienes no podían defenderse? No entiendo qué pasa de una época para acá en el pueblo, con el grupo y en especial con esos dos. O más bien lo que supone para todos su relación y sus triquiñuelas.

—Saúl, si algo he aprendido con los años, es que preocuparte por lo que no está en tu mano es una pérdida de tiempo y salud. Y tú lo sabes, fue lo que hizo que te marcharas.

—Si lo sé, y por eso precisamente me he llevado el berrinche. Pensaba que con mi marcha a la universidad hace años todo mejoraría, pero cada visita al pueblo es un paso atrás o bastantes más. Además, esta mañana creí que era una idea maravillosa venir a buscarte y alejarnos de todo, pero mira como ha salido mi ocurrencia de ingeniero. —En ese momento la mira con los ojos más dulces que Irene no recuerda haber visto en mucho tiempo.

Sin darse cuenta ninguno de los dos, sus caras se acercan despacio con el imán de sus miradas y se funden en un beso que les estremece y hace que sus manos se dirijan sin preguntas al cuerpo del otro ante la atenta mirada de María, que al verlos vuelve sobre sus pasos con una sonrisa en la cara. Irene y Saúl se devoran con sus lenguas y sus cuerpos que cada vez dejan menos espacio entre ellos y solo piensan en cómo sus ganas de compartirse mutuamente casi les obligan a desnudarse el uno al otro.

Ya en su habitación tras haberse ido Saúl, la periodista teclea en su portátil sin descanso tras haber sentido la llamada de la inspiración. Redacta un borrador perfecto para añadir información cuando por fin descubra el quid de la cuestión, cosa que por primera vez siente que de verdad pasará pronto. A medio día su casera llama de manera sutil a la puerta y pasa tras oír a Irene.

—Cariño, vengo a decirte que ya casi está la comida. Llevas aquí encerrada desde que se marchó el chico que, por cierto, vaya planta y cara preciosa tiene. El primer día no te lo dije porque no sabía muy bien qué relación mantendrías con él, pero tras ver lo visto en el sofá... —Irene se gira en su silla roja como un tomate.

—¿Nos viste? Perdona, María, de verdad —se disculpa poniendo la mano en su frente—. Lo siento muchísimo, sé que es tu casa, pero pasó sin pensar. —Se levanta y se acerca a ella.

—¡Uy, hija! Igual hubiera sido mejor subir aquí y desfogaros. Y no por mí, que me asustan pocas cosas y menos ese beso tan expresivo, pero si te digo la verdad, vería mejor que lo hicieras con este chico a con el del vino. Y ya un desfogue completo en esta cama recién comprada te vendría la mar de bien ahora mismo.

Antes de marcharse, le guiña un ojo y la periodista no puede evitar sonreír pensando en la mente tan abierta y alejada de su edad que tiene María. Guarda el documento antes de apagar el ordenador y baja hacia la cocina.

—¿Sabes qué he pensado?

—Dime, preciosa. Y ya que estás, aliña la ensalada mientras me cuentas.

—He decidido ir a ver a Carmen al hospital. No le importará, ¿verdad?

—Ya sabes lo que dicen: perro ladrador poco mordedor. Le hará una ilusión inmensa, aunque no lo demuestre ni te lo diga. Me parece muy buena idea que vayas. ¿Sabes dónde está?

—No, pero para eso se inventó internet. Será fácil.

—Hazme sitio que voy con los platos. —Nada más sentarse retoma la conversación—: Me parece muy buena idea la tuya, igual así descubres algo nuevo de la persona que lo hizo y te ayuda a la investigación.

En la sobremesa, la periodista se pone a buscar la localización del hospital y descubre que llegar será más fácil de lo que pensaba, así que decide dejarlo todo arreglado para ir mañana a primera hora, después de que hayan repartido los desayunos en la policlínica.

Al día siguiente nada más salir de la ducha, oye el timbre y va a la planta de abajo por si es alguno de sus «amigos», con el deseo de poder ver a Saúl. Pero su ilusión se volatiliza al ver en el quicio de la puerta a Menchu con su casera.

—Tranquila, María, ya estoy aquí. Menchu y yo saldremos al camino de siempre, no iremos a mi habitación. —La periodista tiene claro que debe poner más distancia con Menchu y, ya de paso, también con Lolo. Nada de compadreo fuera de sus intereses. Irene tiene la sensación de que ambos mienten más que hablan—. Vamos a nuestro banco, anda.

—Como prefieras. —Le sorprende que no suban a su habitación, más, tras su caída, pero no dice nada.

Durante la escasa distancia que hay desde la casa hasta el banco, el silencio impera entre ellas. Nada más sentarse y ante la sorpresa de Menchu por el silencio de Irene, comienza a parlotear y quitarse de encima los nervios ante lo que va a decir.

—Oye, Irene, mira… Creo que lo que pasó ayer se nos fue de las manos a Lolo y a mí. Ya sabes cómo es nuestra relación e igual me comporto como un perrito faldero cuando estoy con él, pero es la única manera que encuentro de estar en su vida. Donde él vaya yo voy, y lo que él haga a mí me parece bien, y…

—Pues ya tienes una edad para saber que tienes vida propia sin necesidad de estar cerca de él, además tal y cómo te trata. —La interrumpe la periodista antes de que continúe con su *speech*.

—En la ciudad igual funciona así, pero aquí todo es diferente. Aún sin la presencia de Bruna, sigo sintiendo que no deja de hacerme sombra.

—Esta discusión la hemos tenido ya muchas veces. No importa dónde estés, siempre debes ser tú misma compartas con quien compartas tu vida. ¿Era eso lo que querías decirme?

—Aunque no lo creas me importa mucho tu opinión. Siempre parece que sepas qué decir y cómo comportarte. —«¡Anda mira! Soy su Carmen», piensa Irene antes de volver a centrarse en la conversación—. Mira lo poco que tardó Lolo en tirarte la caña. —Sus ojos comienzan a humedecerse y la periodista de nuevo siente, aunque no sepa el porqué, que debe protegerla como si fuera su hermana pequeña. «De algo debe servir mi edad... A falta de tener familiares menores que yo, puedo transmitir lo que me ha enseñado la vida a Menchu», piensa en silencio antes de pasar su brazo alrededor de ella y acercarla a su cuerpo.

—Tranquila, sé lo difícil que puede ser tener una amiga como seguro lo es Bruna para ti. Podrás contar conmigo hasta que descubramos dónde está. Porque lo haremos, créeme, tú y yo juntas. ¿Te animas?

—¿De verdad? —pregunta como un cordero degollado mientras se sorbe la nariz y la mira a los ojos.

—¡Claro! Igual hoy voy al hospital a ver a Carmen; la mujer que lleva la tienda del pueblo. ¿Quieres acompañarme?

—Lo siento, mi madre quiere que la ayudé con no sé qué mierdas. Pero mañana vuelvo a buscarte por la mañana y me cuentas todo. Sin callarte nada, ¿eh?

—Claro. Mañana nos vemos.

Se despiden con un abrazo y cada una va a sus quehaceres.

—Ya estoy aquí, María —comenta Irene nada más entrar por la puerta—. ¿Te ayudo con algo?

—Vente a la cocina y encontraremos qué hacer juntas. ¿Quieres un piscolabis?

—Al final termino como las vacas del prado de aquí atrás.

Ambas se carcajean y se ponen a cocinar la comida entre miradas y cuchicheos acerca de la visita de Menchu.

—Pues te diré que no me dan buena espina ninguno de los dos, metiéndose tanto en tu vida al mismo tiempo que solo quieren dar pena. Entiendo tu postura, pero lloriquear así, como si pulsara un interruptor, es más que de juventud, de falsedad. Y del otro no me hagas hablar que se me revuelve el estómago y quiero disfrutar de esta comida que huele tan bien.

—Ya, sé a qué te refieres. He de centrarme en la búsqueda de Bruna y todas las opiniones, más aún la tuya, son bien recibidas, de sobra lo sabes. ¿Te vienes conmigo a ver a Carmen?

—Se alegrará de que vayamos, así que mejor no posponerlo mucho, después de la novela salimos.

CARMEN

Llaman a la puerta y esperan a que les den paso. Cuando entran la sonrisa de Carmen sorprende a Irene, no así a María que va hacia la cama con los brazos abiertos y una sonrisa más grande que la habitación.

—Ven aquí tú también, madrileña. Por lo menos sé que no fuiste tú quien me tiró ese pedrusco, que era más grande que ella, por cierto.

—¿Ella? —pregunta Irene extrañada cuando se une al abrazo—. ¿Sabes quién fue? —insiste al separarse.

—Sentaos y os cuento de lo que me acuerdo.

Cuando María e Irene están expectantes por lo que va a contarles Carmen, una enfermera entra con una cuña y les pide que salgan de la habitación. En el pasillo la periodista no puede callar su asombro:

—¿Entonces se acuerda de quién la agredió?

—Pues eso parece, además de que fue una chica, ¿no?

—¿Sabes de alguien que le tenga tanta manía como para tirarle una piedra?

—La mujer que vive tras la calleja oscura siempre tuvo problemas con ella, pero para llegar a esto… No lo creo, no. Además, de haber sido ella, ¿por qué ahora contigo escribiendo sobre Bruna y el pueblo? No tiene sentido.

—Ya pueden pasar. —Oyen como las interrumpe la enfermera dándoles paso.

Irene lo hace y deja a María preguntándole a la enfermera por su estado.

—¿Te importa que esté aquí, Carmen?

—¡¿Qué dices?! Si me paso el día sola. Acércate y te cuento lo que recuerdo, igual te ayuda.

—Claro —responde la periodista esperanzada acercando la silla a la cama con mirada atenta y oídos bien abiertos.

—Iba hacia la calleja oscura para tardar menos al ayuntamiento donde tenía cita y...

—¡Madre mía! ¿Les enseñan a ser como una tumba? ¡No ha soltado ni prenda! —despotrica María entrando a la habitación.

—Se habrá ido cabreada sin la cantidad de pis que necesitaba. No sé cómo esperan que lo haga cuando quieran y encima en ese pedazo de plástico duro del demonio que se clava por todos lados. Tú no sabrás nada de eso aún, niña, disfruta de tu juventud mientras puedas.

«Genio y figura hasta la sepultura, ¡qué mujer por Dios!», se dice Irene intentando no cambiar su expresión.

—¿Qué estaba diciendo, Carmen?

—Ah, sí, sí. Ya se me había ido el santo al cielo otra vez, no sé dónde estoy hoy. Antes de llegar a la esquina escuché cómo alguien me llamaba.

—¿Por su nombre? —pregunta Irene.

—Ay, no interrumpas, nena, que no terminamos antes de que traigan la cena. Y no, no dijo mi nombre, pero al oír «¿perdone?», eso de que me llamen de usted es uno de mis puntos débiles, así que me giré sin pensarlo cuando vi cómo una chica joven me tiraba una piedra más grande que ella. —Chasquea la lengua y lleva la mirada hacia la ventana situada a su derecha.

—¿Nunca la habías visto? Eres la que más lleva en el pueblo, incluso más que yo.

—La verdad es que no, María, o al menos no lo recuerdo. Aún está todo borroso, pero los médicos dicen que volveré a recordarlo todo cuando menos me lo espere o poco a poco.

En el camino de vuelta a casa María comenta a Irene no estar muy convencida de lo que les ha contado Carmen. La periodista piensa más bien, que su historia tiene flecos inconexos, lo que le hace pensar que se abre otra historia paralela que poner en marcha y estudiar a fondo. Al llegar a casa, sube a su habitación tras disculparse con su casera por no ayudar con la cena y despliega otra cartulina como segundo mapa conceptual. Si luego ambos tienen algún nexo, habrá tiempo para poder conectarlo todo, o eso espera. Delante de su mapa de colores vivos piensa que en el nuevo utilizará los colores en función del tema y las personas que estén involucradas.

Debajo de los folios desordenados vibra su teléfono. Es Mory quien está al otro lado y la periodista se da cuenta de cuánto tiempo hace que no va a visitarla, así que sin pensarlo descuelga y le dice que al día siguiente irá a verla sin falta. Parece llamar solo para preguntar si todo va bien, pero por si acaso algo le dice que será mejor hablar con ella en persona. La verdad que se está dispersando más de lo que creía con todo el trajín de Saúl, Lolo y Menchu, y a lo mejor es eso lo que la ha alejado de sus conversaciones con la particular y excéntrica inglesa, que nunca había esperado encontrar en un pequeño pueblo tan alejado de su país.

Mira el reloj y se da cuenta de que ya es hora de cenar e igual María no la ha avisado por no molestar, así que organiza un poco su mesa, apaga el portátil y baja a la cocina donde seguro encuentra a su casera.

—No te lo vas a creer. Me ha llamado Mory —María se da la vuelta y la mira expectante y sorprendida por lo que oye.

—¿Pasó algo? Viviendo tan alejada de todos y con los momentos tan convulsos que vivimos, nada me sorprendería ya.

—No, no, tranquila, Solo quería preguntarme cómo iba la investigación y yo, ya de paso, porque hacía mucho que no bajaba a charlar con ella.

—¡Ah, bueno! Mañana bajas entonces. Por cierto, quiero que hablemos de nuestra visita hoy al hospital.

—Claro, dime.

—Lleva antes esto a la mesa —dice alargándole unas fuentes— y te cuento mis impresiones.

Se sientan y antes incluso de coger cada una el pan, María comienza a escupir como si no hubiera un mañana con la mirada fija en la periodista.

—No me creo nada —suelta a bocajarro antes de servirse y continuar—: Tanta jovialidad desbordada al vernos y contarnos lo que recordaba. Si es cierto que no se acuerda de nada, algo me huele mal. —Y asiente con movimientos de cabeza.

—¿Y eso? ¿Qué te hace pensar así?

—Con lo reservada que es ella, abrirse así con nosotras estando en una cama de hospital, tan vulnerable… Contigo allí. No te ofendas, pero desde que llegaste puso en tela de juicio tus intenciones, no se fiaba.

—Tranquila, lo escuché el día que vino a decírtelo. No sé si desconfío más de ella o del párroco.

—La verdad que son tal para cual, aunque ninguno sea capaz de estar detrás de lo que te envió aquí. Y creo que Carmen en el fondo es buena persona, solo que muy suya.

—No pienso que estén detrás, pero que ocultan algo igual sí.

—¿Y por qué?

—No me parece que sean de los que les gusta airear lo malo que pase en el pueblo, y como la policía de Canchas ya abandonó la investigación... Pensarán que soy una china en el zapato.

—Eso es verdad, pero no creo que llegaran a tanto con la desaparición de una chica en juego. Qué nombre tan raro tiene, por cierto, esos nombres modernos de hoy en día no los recuerdo ni aunque me los grabaran a fuego.

Ambas se carcajean a gusto mientras terminan de cenar.

Ya en su habitación tras haber visto la televisión con su casera y poder relajarse olvidándose de todo, vuelven de nuevo las dudas acerca de su trabajo ahí: el momento con Lolo, las charlas con Menchu, el párroco, María y Mory. Se había olvidado por completo de ella con eso de ir al hospital y no dejarse ver por el camino de tierra. Le parece mentira que con los años que tiene aún se preocupe por esas cosas. Antes de irse a dormir echa un último vistazo al móvil, pero nada, la revista parece haberse olvidado de ella.

...

A la mañana siguiente la luz del sol que entra a través de la ventana deslumbra la habitación de la periodista y esta abre los ojos molesta. Tras bostezar más tiempo del necesario, coge la ropa del día de manera sigilosa por el cansancio, no por hacer el menor ruido posible, y se dirige al baño, olvidándose del número de veces que suenan las campanas, para darse una ducha que pueda reactivarla. Tras dejar caer sobre ella el agua con la mayor presión posible, se envuelve en su toalla y observa cómo las ojeras, que llevaba mucho tiempo sin ver, han vuelto para decirle que lo que en realidad necesita es descansar. Pero de verdad, sin darle vueltas a qué pasa en ese pueblo con apariencia tan hogareña, pero con misterios difíciles de imaginar. Quizá por eso no es capaz de averiguar qué ha pasado para que Bruna desapareciera y aún no se sepa nada.

—¡Irene! —Oye como la llama María desde abajo—. Preguntan por ti, y creo que te gustará ver quién es.

La periodista baja las escaleras con la seguridad de que es Saúl quien la espera, por eso se ha arreglado más de lo normal: algo de color en los pómulos, brillo en los labios y ojos ligeramente ahumados.

—¡Ey, qué sorpresa! Te hacía fuera del pueblo —saluda intentando sonar despreocupada.

—Solo aproveché que estarías liada por aquí unos días y así recoger unas cosas que mi madre quería que trajera a mi abuela. ¿Damos una vuelta?

—Tenía pensado ir a ver a Mory —responde Irene dubitativa.

—Anda, niña, puedes ir esta tarde o en otro momento —apunta María guiñándole un ojo, divertida.

La periodista coge las llaves y con la mirada puesta en la de Saúl, le hace un gesto con la cabeza y ambos salen por la puerta.

—¿De verdad quieres ir por aquí? —cuestiona Saúl al ver que se dirigen al camino de tierra.

—Ya no tengo edad para ir rehuyendo de chicos con las hormonas alborotadas.

—Sí, sí... si me parece bien. Solo preguntaba. —Y pasa un brazo por encima de sus hombros sin quitar la mirada de ella.

Se sientan al llegar al banco y, aún con disimulo, mira en derredor, pero nada se muestra ante ella excepto la paz del paisaje que espera que no sea interrumpida por nada ni nadie que no sea Saúl.

—¿Estás bien? ¡Ah!, por cierto, ¿cómo fue la visita al hospital?

La periodista le mira extrañada y él añade:

—Sí, esperando que bajaras, María me contó que fuisteis. No me ha parecido que estuviera muy convencida de lo que escuchó allí.

—A mí me dijo que no sabía muy bien ni qué pensar ni de quién sospechar.

—¿Y tú? Al final es lo que importa para que puedas encontrar a Bruna.

—Mira, si te digo la verdad este pueblo me trae con la cabeza de vuelta y media. En cuanto parezco estar convencida de una línea de investigación, pasa algo que lo tira todo por la borda. Es como si hubiera cientos de secretos que forman un ovillo difícil de desenredar al investigarlo. O eso, o que no lo hago bien. —Pone los ojos en blanco antes de mirarle y preguntar—: ¿De verdad es todo tan complicado o son mis prejuicios que no me dejan ver con claridad?

—¡Qué dices! ¡¿Pero de qué prejuicios hablas?! Eres una de las personas con la mentalidad más abierta que he conocido. En serio, Irene, que no te empequeñezcan entre inseguridades y estar en una situación de mucha presión por querer saber qué le ha pasado, o pasa, a Bruna.

—Lo siento, no sé a dónde quieres llegar —responde ella con mirada tierna.

En ese momento Saúl se da cuenta de cuántas necesidades enterradas en lo más profundo de su ser guarda la periodista. Traga de manera lenta intentando ganar tiempo para saber cómo conducir mejor la conversación. Se gira con las piernas a cada uno de los lados del banco que queda entre ellas, abraza una de las manos de Irene y tras coger aire de manera disimulada, empieza a hablar ante los ojos abiertos y expectantes de ella.

—No sé qué pasaría en esa habitación de hospital, o cómo sería para Carmen tu presencia allí... Según mi abuela, la mujer no tiene desperdicio por decirlo de una manera educada, pero lo que sí sé es que te noto dispersa desde que saliste de casa. Sé que eres fuerte, lo que supone este artículo para ti y las ganas de encontrar a la chica, pero que no pueda contigo, por favor. Si tienes que adaptar tus paseos, horarios o lo que sea para que no te quiten energía, hazlo. Yo te ayudaré y estaré aquí siempre que me necesites, para eso te di mi móvil. —Sonríe tímido antes de añadir—: Aunque nunca lo hayas utilizado.

—¿Y molestarte? —Irene comienza a pensar que igual no se equivocó al pensar que Saúl quería dar un paso más con ella, a pesar de conocer lo que pasó con Lolo y sus intenciones de repetirlo.

—¡¿Qué dices?! Nunca me molestarías, de verdad. Si estoy aquí es porque quiero, porque estoy a gusto contigo, y ¡oye! Aquí me lo paso mejor que en la ciudad, para qué te voy a engañar.

Sus ojos risueños y chispeantes contagian a Irene que sin pensarlo le abraza.

—Esto va mejorando, para qué te voy a engañar. Solo con ver la expresión de tu cara, merece la pena estar aquí. Todo sea que aparezca alguien y agüe la fiesta. Mira, ahí está el aguafiestas —anuncia con cara de fastidio Saúl.

La periodista se gira para ver a qué se refiere y observa cómo Menchu se acerca al banco.

—¡Hola, chicos! ¿Qué hacéis?

—Pasando el rato de buena mañana, ¿tú?

—Ya sabes, tía, mi paseo matutino es imprescindible. Lolo está en el trabajo haciendo que trabaja. —Y su carcajada retumba en todo el camino—. Así que aprovecho para despejarme del ambiente tan aburrido del pueblo.

—Bien está que te separes y tengas tu espacio.

—Oye, Saúl, ¿y tú? ¿Te quedarás mucho por aquí?

—No te molestaré, ¿no? —responde él con media sonrisa.

—¡Qué va! Un chico del pueblo, universitario, que consiguió pirarse de aquí. ¡¿Qué dices?! Eres mi ídolo.

—Pon tus miras en alguien mejor, Menchu —interviene Irene—. Tú también podrías irte si te lo propones.

—Nah. Estoy destinada a la academia de peluquería. Pero no me quejo, lo que importa es ser feliz con lo que tienes, ¿no? —Y le guiña un ojo—. Bueno, chicos, os dejo solos que parecíais muy «acarameladitos».

Cuando la ven desaparecer por el camino, Irene y Saúl sonríen con vergüenza mirándose sonrojados a los ojos como si fueran muchachos de instituto a los que han pillado haciendo manitas en clase. La periodista duda si ir a ver a Mory aunque sea con Saúl, la verdad que no le apetece separar su mano de la suya. Quiere seguir como quinceañeros, porque, aunque no lo sepa con exactitud, piensa que él es de su quinta, o como mínimo, un chico con cabeza para ello.

De vuelta al encuentro que acaban de tener con Menchu, se pregunta si tiene algún papel en la desaparición de Bruna que se le escape. ¿Cómo podría saber si ella o el grupito esconden algo que no quieren que nadie sepa?

MORY

—Mory? *Are you here?* —pregunta Irene tímida por la pronunciación de su inglés y el tiempo sin ir a verla.

—*Hi, darling!* Mucho tiempo sin ver por aquí.

—Lo sé, perdona. ¿Necesitas algo? He pensado que si quieres te doy mi móvil por si acaso en algún momento pasa algo.

—*Perfect!* Tú aquí hacer darme cuenta de todo lo que falta.

—¿A ti?

—*Right, honey!* Tantos años y no sentir hasta ahora.

—Tranquila —dice Irene abrazándola mientras Mory responde al mismo con todo su cuerpo—. Sabes que puedes hablar conmigo cuando lo necesites.

—*You are so nice. What about you?*

—Pues la verdad… —Y no puede esconder una tímida sonrisa—. ¿Conoces a Saúl?

—*Oh, yes!!!*

—¿¡Oh, yes!? —repite Irene sorprendida.

—Guapo. Mucho. *Lovers?*

—Es muy pronto para saberlo, pero me encanta estar con él. Ojalá se quede mucho tiempo.

—¿No saber cuánto?

—De momento no, tampoco quise preguntar. Está visitando a su abuela y no quiero parecer impaciente.

—Yo entender.

Tras un buen rato sentada con Mory hablando de cosas banales y otras no tanto, la periodista camina con parsimonia de vuelta a casa de María y la cabeza puesta solo en una persona. Una que ha llegado sin esperarlo, como casi todo lo que de verdad merece la pena. Una que consigue cambiar la perspectiva no solo de lo que piensa de la juventud de Canchas, sino también de lo que siente al respecto creando un prisma diferente y casi con total seguridad, más óptimo para su investigación, cuando, sin saber por qué, la conversación con Mory brota ocupándolo todo. «Parecía diferente, preocupada por algo que a pesar de nuestra conversación creo no haber conseguido sonsacarle», sospecha Irene. No tarda mucho en llegar a casa a pesar de que ahí la velocidad de sus andares se ha reducido bastante si se compara con los que llevaba en la ciudad. Cuando introduce la llave en la cerradura y antes siquiera de girarla para acceder, alguien desde dentro abre la puerta y se encuentra con el párroco y su cara de pocos amigos. A su lado con cara de disculpa, María la mira con una expresión que a Irene no le provoca un buen palpitar.

—¡Hola, reverendo, qué sorpresa! —saluda agachando la cabeza y suspirando con disimulo.

—No me sorprende. ¡¿Qué hay de tus visitas a misa?! Porque no te he visto entre mis feligreses.

—He estado ocupada, padre. Ya sabe, dedico todo el tiempo a la desaparición y mi torcedura de tobillo me ha hecho no moverme demasiado.

—Eso está muy bien, hija, pero Dios también se merece un hueco entre todas tus labores.

—Por supuesto, y en mi mente siempre está. No lo dude —apunta sin dejar de mirarle fijamente. «Siempre en actitud de alerta con este hombre», se recuerda.

—Eso espero, eso espero —apostilla antes de darse la vuelta y mirar a María—: Cuídese.

Acto seguido desaparece tras la puerta e Irene con los ojos en blanco se gira hacia su casera y no puede evitar apostillar:

—¿Este hombre no tiene otra cosa que hacer a parte de estar rondando por aquí?

—Ya tiene su edad, y por mucho que diga que Dios le es suficiente, la soledad hace mella y más cuando ve cómo hay una novedad en el pueblo que le roba a sus parroquianos.

—Sabes que yo no robo nada, María. Si eso ocurre será porque hay algo o alguien más interesante que él. Soy la novedad, qué le vamos a hacer —añade sonriente Irene arqueando las cejas.

La periodista siente como su bolsillo vibra y, por ende, su teléfono. Extrañada descuelga delante de María que no le quita ojo de encima.

—Irene, venir por favor, venir. Rápido. No tardar. —Oye a su inglesa favorita con tono preocupado.

—Tranquila, Mory, respira. En nada estoy ahí, ya salgo de casa.

Tras explicar de manera escueta a su casera quién era, sale lo más deprisa que puede de nuevo hacia el gallinero de Mory preguntándose dónde estará realmente la estancia que hace de casa. La verdad es que nunca se fijó en el interior del gallinero. No puso interés siquiera.

Tarda menos de lo esperado, entre sudores y jadeos por la falta de aire tras el ritmo utilizado.

—Ohhhh, *you're here.* —Se abalanza sobre ella y la estrecha con fuerza.

—¡Claro! Sonabas preocupada.

—*Right!* Tú venir dentro.

Si antes lo piensa, antes le indica cómo entrar y hacia dónde ir. Frente a ella, tras haber dejado a las gallinas atrás, observa una pequeña habitación con una gran cama que ocupa casi todo el espacio. A su lado un ventanal con rejas. «Qué tétrico todo, por Dios», se sorprende Irene. Más tarde, Mory, le explica que colocó las rejas nada más llegar y no dar opción a las gallinas de escapar, pero que ahora...

—*My home*, no casa, sí *home*.

—Entiendo. Pero ¿por qué me llamaste?

—Tú sentar —responde indicando la cama antes de seguir—: No preocupar al principio, pero ahora cosas raras pasar aquí.

—¿En tu casa?

—No, *in the village*.

—Cuéntame —anima con mirada comprensiva.

—Después concierto comenzar. Las «intigas», ¿se dice así? —Y mira con intensidad a Irene—,

 malas caras, grupo contra grupo.

—Es intrigas, pero espera, espera. ¿Qué significa eso?

—Ellos pelear. Y ella también.

—¿Te refieres a la chica desaparecida o a Menchu?

Mory no contesta y solo hace una mueca antes de continuar.

—Yo no saber, pero ¿quizá chica *missing* escapar por problemas con ellos? —Irene duda si la ha entendido o si por alguna extraña razón que desconoce se está haciendo la tonta.

—No te diré que no me lo planteé al conocer al grupo, pero si sucedió así, ¿por qué no ha vuelto? Ha transcurrido demasiado tiempo como para que no se le haya pasado el supuesto cabreo. —Se queda pensativa sin retirar la mirada de Mory—. Pero igual estás en lo cierto y en efecto tengo que centrarme más en esa línea de investigación.

Camina despacio, con los brazos cruzados y la cabeza puesta en lo que le ha dicho Mory. «A lo mejor la clave está en las relaciones de los chicos del grupo sin dejar a un lado a Menchu. Me ha dicho mil veces lo amiga que es de Bruna a pesar de sentirse "la segundona" y no poder hacer nada por cambiarlo», se repite sin descanso hasta que llega a su habitación, enciende el ordenador y se pone a revisar y organizar sus notas. En una de ellas subrayado con amarillo fosforito puede leer:

¿Chica que tira la piedra a Carmen es alguien del pueblo, pero no del grupo? ¿Por qué Menchu no es amiga de ella si es del pueblo? ¿Qué problema hay entre ellas?

Sin dejar de mirar ambas cuestiones arruga el entrecejo y nuevas opciones parecen abrirse ante ella. Solo se ha centrado en el grupo de chicos jóvenes que conoce, quizá por ser los únicos con los que ha tenido contacto. ¿Y si las respuestas que busca no las formula en el grupo adecuado? Con la pregunta sin dejar de dar vueltas en su cabeza, baja las escaleras en busca de María, aunque repara en no haberla oído desde que llegó. Avanza por el pasillo dejando a un lado la cocina y al llegar al salón cree oír sollozos ahogados al fondo del mismo. En la esquina más oscura de la casa a la que no llega el sol, vislumbra un cuerpo.

—¿María?

Solo más sollozos como respuesta, así que Irene se dirige hacia donde parecen originarse y ve con claridad, frente al pequeño sofá, a su casera en una silla antigua. Se pone de cuclillas delante de ella, poniendo su mano sobre las de su casera que se encuentran entrelazadas y le dice con voz serena:

—¿Estás bien? ¿Ocurrió algo?

—Es Carmen —responde alzando la vista hacia ella—. Anoche tuvo complicaciones y esta mañana vino la vecina enfermera, ya sabes, la del final de la calle, para comunicarme que… —Hipidos y más hipidos—. Ha muerto.

···

Irene se queda petrificada hasta que segundos después se percata de que eso no es lo que su casera necesita y se inclina para poder abrazarla con fuerza.

—Tienes que desenmascarar a quien está provocando todo esto. —Se separa y mirándola fijamente repite—: Tienes que encontrarla.

—Pienso lo mismo. He estado repasando mis notas. ¿Quieres verlas? Cuatro ojos ven más que dos. —Tras ver cómo María asiente con la cabeza reitera—: Quédate aquí mientras voy a por ellas.

Acto seguido sube a su habitación pensando que debe alejar a María de la trágica noticia e igual sus anotaciones la ayudan. Amontona todas las notas para que pueda verlo todo.

Justo cuando llega al pie de la escalera el timbre le sobresalta y los apuntes se desparraman por el suelo. Sin recogerlos abre la puerta y la preciosa sonrisa de Saúl deslumbra el recibidor. Sin pensarlo se echa sobre él provocando que ambos casi caigan al suelo, al separarse la sonrisa alegre de Saúl no tarda en aparecer.

—¡Vaya! No esperaba este recibimiento. —Y estrecha con fuerza su cintura antes de continuar—: ¿Todo ese desastre que veo ahí detrás lo he provocado yo? —Sonríe burlón mirando las notas sobre el suelo.

—No te vas a creer lo que ha pasado. Entra entra.

Ambos se agachan a recoger los papeles y al terminar Irene le cuenta lo ocurrido con Carmen y la tristeza lógica que siente su casera.

—¿Quieres que pase o crees que se sentirá incómoda?

—Tienes razón, igual es mejor que estemos las dos solas. ¿Te espero después de comer en los columpios o en el banco?

—Te vengo a buscar y decidimos.

Al cerrar la puerta tras él vuelve donde dejó a María. En esta ocasión parece más calmada sentada a la mesa con una expresión animada dentro de la situación en la que se encuentra.

—Perfecto, aquí sentadas estaremos mejor —asiente con la cabeza dejando las notas sobre la amplia mesa.

Durante más de una hora repasan todo en silencio sin decir nada cuando el timbre parece romper la investigación de ambas. La periodista pone su mano en el hombro de María, para que no se levante, y es ella quien va hacia la puerta.

—¡Mory! Vaya carita. ¿Ocurrió algo después de irme de tu casa?

—¿No saber? Vine acompañar María.

—¡Ah! Claro, claro, pasa. —Indica con la mano el interior de la casa.

La periodista va a por un vaso de agua y de vuelta al salón observa cómo Mory parece estar muy interesada en las notas que descansan delante de María. Irene va sin pensarlo junto a su casera y recoge todos los apuntes que con tanto agrado parece observar la inglesa más famosa entre Gascón y Canchas.

—Puesto que vino visita, me llevo todo esto para dejaros más tranquila.

—*Dont't worry! It's ok.*

Por alguna razón no le gusta su mirada y tras una sonrisa, de las que le enseñó Carmen, sube con todos los papeles a su habitación. «¿Qué ha sido eso? No esperaba ese interés tan desmesurado por la desaparición», piensa mientras sube con paso decidido agarrando bien todos los papeles.

Desde que estuvo en casa de Mory todo parece tomar un cariz diferente, y ya con la muerte de Carmen, la importancia de su estancia allí es aún más relevante. Sin meditarlo, coge las llaves y baja hacia la puerta. Ya fuera, se encamina al banco del camino de tierra con la esperanza de ver allí a Menchu, que efectivamente ahí está.

—¿Qué pasa, guapa?

—Hola, Irene —responde sonriente—. Supongo que ya te habrás enterado. He acompañado a Mory hasta aquí y me lo ha contado. ¿Cómo está María?

—Pobre, ya te imaginarás. Al final era su amiga, aunque tuvieran sus más y sus menos.

—Como yo con Bruna.

—Eh, eh, eh, su desenlace no tiene por qué ser el mismo.

—Lo sé, pero da qué pensar, no me dirás que no.

—¿Desde cuándo cedemos a las peores opciones?

La sonrisa amarga de Menchu parece indicar que demasiadas disyuntivas invaden sus pensamientos, pero la periodista está segura de que barrunta algo más, aunque quizá no sea el mejor momento para atosigar.

—Mira quién viene. —Señala con un movimiento de cabeza.

La periodista se gira y ve los andares chulescos rodeados de humo, como no podía ser de otra manera.

—¡Anda! La chimenea humana —exclama Irene entre risas.

—Como si no te gustara.

—Tienes razón, no puedo disimularlo —ironiza con los ojos en blanco sacudiendo la cabeza.

—Me parto la caja con el humor de la capital.

—¿Vienes a dar el pésame a mi casera?

—La verdad es que no, para que te voy a mentir. —Y se sienta a su lado tras dar un pico a Menchu ante la atenta mirada de Irene.

—¿No será entonces para verme a mí?

—Y a mi chica. ¿Ya te ha dicho que somos la pareja oficial de Canchas?

Irene mira sorprendida a Menchu que baja la mirada avergonzada.

—Qué calladito te lo tenías.

—No te ruborices, nena, ya le hubiera gustado a ella ser la elegida.

—No tienes por qué sentir vergüenza. Me alegro mucho, de verdad. —Y le guiña un ojo.

—*Ohhh,* todos *together*. Bonito, muy bonito.

—Os dejo —dice Irene levantándose —, no quiero dejar a María sola. Ya que está aquí Mory, podéis acompañarla a casa de camino a Canchas —apunta guiñando un ojo a Menchu.

Sin añadir nada más, enfila el camino de vuelta a la casa esperando que María esté más tranquila. «¿Qué leches pasa en este grupito de a tres tan bien avenido? Parece, que a pesar de lo que me ha dicho Mory esta misma mañana, hay bastante afinidad con ellos. ¿Habrá sido mentira lo que me comentó o solo falsedad?», se pregunta en bucle.

IRENE

—¿Hola? —pregunta para no pillar desprevenida a su casera y así no asustarla. Demasiadas emociones serían ya.

Va despacio hacia el salón y María está de nuevo en el orejero de la esquina más oscura. Apenas puede ver su rostro hasta que se acerca y, aunque sin llorar, su expresión continúa afligida sin alzar la vista siquiera, lo que no es de extrañar dada la noticia que acaba de recibir.

—¿Por qué se fue tu chico? Me pareció oírle. ¿Fuisteis a dar un paseo? Tranquila, no me importa. No es que hoy esto sea una fiesta ni yo la alegría de la huerta.

—Pero ¡¿qué dices, María?! Ni se te ocurra pensarlo, en cuanto vi a Mory por el camino volví para estar contigo.

—Ya sabía yo que Carmen y el cura se equivocan, eres muy buena niña.

—Anda, anda, deja de pensar en eso ahora. Dime, ¿qué te apetece hacer?

—Pues mira, la verdad que ojeando tus notas me olvidé de todo. ¿Me las bajas de nuevo y echamos otro vistazo?

—¡Perfecto! Vuelvo en un segundo.

Al regresar con todos sus apuntes, su casera está ya en la mesa a la espera. Como hace un rato, la periodista lo coloca todo, pero en esta ocasión más o menos organizado por la fecha en que las tomó.

—¡Mira que es colorido todo lo que anotas!

—Es una buena manera de captar la atención y poder diferenciar así según su importancia —asiente con una sonrisa.

Ambas se ponen a repasar en silencio cada frase, reflexión y encuentros relatados sobre el papel. Horas después la periodista se levanta sin entender cómo su casera no necesita estirar las piernas. «Desde luego con esa edad, y más viviendo en un pequeño pueblo con cuestas y poco asfalto, está hecha de otra pasta», reflexiona dando vueltas por el salón.

—¡Ya está! —exclama efusiva con una sonrisa de oreja a oreja.

—¿En serio? Yo aún no acabé, solo necesitaba caminar un poco.

—Eso es que por tus venas corre sangre de periodista y, como tal, tienes que tenerlo todo bien amarrado y repasarlo varias veces.

—Quizá tienes razón. Voy a subir a echarme un poco antes de la comida, ¿te importa avisarme antes de comer y te ayudo con lo que puedas necesitar?

—Ni lo preguntes, eso está hecho. Sube tranquila —aprueba asintiendo.

Sobre la fina colcha, la periodista aún piensa qué se le puede estar escapando y en especial, quién. Sin esperarlo, Lolo aparece en sus conjeturas antes que ninguna otra persona; ni el párroco, ni Carmen, que en paz descanse, ni Menchu, ni Saúl, ni Mory y mucho menos su casera. Con el barullo en su mente se duerme, pero sin que su cabeza deje de darle vueltas a todo, aún de manera inconsciente. Es así cómo ve a una Bruna sonriente y llena de vida meterse en un coche, sin poder identificar al conductor, pero sí cómo sale del pueblo por el camino de los columpios, no el de tierra. Observa estos desiertos como no podía ser de otra manera, pero con ligeros movimientos que le hace pensar que estuvieron ocupados no hace mucho. Se da la vuelta en busca de alguien que pueda estar merodeando cuando, de repente frente a ella, tiene la misma visión que cuando subió al monte nada más llegar. Desde ahí puede descubrir el paradero del coche misterioso al que subió Bruna. Todavía recorre el pueblo bordeándolo, pero sin salir de sus límites. Se da cuenta que no es que no vea al conductor, que sí que sería raro desde esa distancia, el problema es que no hay nadie al volante. En ese momento el coche ya ha debido salir del pueblo al observar el cartel que indica la entrada a Canchas de Abajo, donde ve bajarse a Bruna frente a una nave que parece abandonada. Y sí, efectivamente nadie abre la puerta del conductor. Ella va decidida hacia la entrada que abre sin ningún esfuerzo.

Desde donde está Irene no puede ver ni oír nada, de modo que cambia hacia dónde dirigir su perspectiva y puede divisar con nitidez el bar en el que estuvo con el grupo de Menchu, no muy lejos de la nave.

Un fuerte golpe provoca que la percepción de todo lo que tiene delante se desdibuje cuando siente una presencia cerca de ella y la arranca de su ensoñación. Parpadea alterada y con el corazón latiendo a mil por hora. Al abrir los ojos comienza a relajarse cuando ve la expresión cariñosa y tranquilizadora de su casera.

—Cariño, perdona, pero ya está todo listo para comer.

—María —dice aún debatiéndose entre el sueño y la realidad—, quería haber bajado antes para ayudarte... —balbucea aún medio dormida.

—No digas tonterías, niña, necesitabas descansar. ¿Lo conseguiste?

—Creo que sí, pero pienso que debo ir a Canchas y buscar una nave industrial que he visto en mi sueño.

—¡Uy, cariño! Esa nave lleva años cerrada. Solo encontrarás ratas y suciedad. Anda, bajemos que con el estómago lleno se piensa mejor.

Durante la comida con el sonido de la televisión de fondo, la periodista no deja de pensar en la nave y cómo no se percató de ella, «¿estará apartada del bar?», se pregunta mientras come. Al abandonar su casera la mesa, vuelve al presente y es consciente de su objetivo para esa misma tarde. Va al baño, se lava los dientes y tras despedirse de María, aún reticente con la idea que tiene en la cabeza la periodista, sale con la mente puesta solo en Canchas y la nave.

No encuentra a nadie ni en el banco ni a lo largo del camino, ni siquiera escucha a Mory tarareando como otras veces, solo el cacareo de sus gallinas. Intenta no darle más importancia de la que seguro tiene y continúa hacia el pueblo. Justo en la entrada encuentra a Saúl.

—¡Guapa! ¿Cómo vas? No he ido a verte por daros algo de tiempo a María y a ti, y así de paso estar con mi abuela que para eso vine, ¿no? —Sonríe burlón.

—Nada que justificar. Estás aquí para alejarte de la ciudad, olvidarte de tu día a día y pasar tiempo con ella, así que es lo que tienes que hacer. No le des más vueltas.

—Tienes razón, pero ¿y si te digo que te quiero en mi día a día?

—Saúl, no me hagas pensar en eso ahora. Creo tener una pista en la cabeza y no quiero dispersarme.

—¿Eso piensas que hacemos juntos? —pregunta tristón.

—No lo creo, pero sí pienso que es lo que me pasa cada vez que te tengo cerca.

—Vale, pues dime. ¿Qué pista es esa? Igual puedo ayudarte, recuerda que me conozco esto como la palma de mi mano.

—¿Dónde está la nave industrial que María me ha dicho que está abandonada?

—Te acompaño si quieres, pero no creo que te lleve a ninguna parte. Solo es el lugar donde van los chicos jóvenes a descubrir cosas nuevas.

—¿Qué cosas? ¿Drogas? ¿Sexo?

—No lo sé, la verdad que nunca estuve ahí dentro, solo es lo que oía de gente de por aquí. Ni siquiera estuve antes de marcharme a la ciudad, nunca me fueron esos rollos, ya lo sabes.

—¿A qué rollos te refieres? —indaga intrigada la periodista.

—No me sentí identificado con los chicos de aquí. Sí, mi primer beso fue en este pueblo, eso está claro, pero...

—Y tu primera vez, supongo —apunta ella intentando saber algo más picante de él, aunque no sepa el por qué, o quizá sí.

—¡Vaya, vaya! Sí pareces interesada, sí. —Y ahora su sonrisa torna incluso a presumida.

—¡Ay! No seas tonto —comenta entre risas dando una palmadita en su hombro trabajado en el gimnasio, de eso no le cabe ninguna duda a la periodista.

—Al final de esta calle está —señala a su izquierda—. Vamos, que te acompaño.

Se dirigen en silencio, ella por vergüenza, él por no saber cuál debe ser el siguiente paso con la periodista. Lo que menos le apetece es que las cosas se compliquen entre ellos hasta que cada uno vuelva a su rutina alejada de todo el drama de allí.

—Pasa —apunta mientras abre la puerta no sin esfuerzo, no como se le mostró a la madrileña en el sueño.

Con algo de miedo por ver el estado en el que se encuentra la nave, Irene se introduce en el recinto que huele más que a cerrado, a orines junto a restos de droga y comida. La periodista se tapa la nariz con un gesto de malestar al igual que Saúl. Pero no hay nada importante y mucho menos Bruna.

—¡¡Mierda!! Estaba convencida de que aquí encontraríamos algo.

—Tranquila, solo hay que seguir. Vamos fuera que se respira mejor con un aire más sano.

Ya fuera, la periodista no deja de negar con la cabeza y Saúl sin pensarlo la abraza para que se desahogue entre sus brazos.

—Tenía tantas esperanzas puestas aquí.

—Era solo una opción, y como en la vida habrá más, estoy seguro. Ya verás como al final todo sale bien.

Irene se separa quedándose a escasos centímetros de él. De su boca. De su mirada. Tanto que comparten aliento hasta el punto que cree degustarlo. En ese momento, Saúl sin dejar de mirarla abraza su cuello y, como si estuvieran viviendo el momento desde fuera a cámara lenta, la besa despacio, mordisqueando suavemente sus labios y buscando tímidamente su lengua. Es ahí cuando ella deja a un lado todas sus ideas preconcebidas y decide solo disfrutar el momento. Pone sus manos en la cintura de Saúl, se acerca sin dejar espacio entre ellos y cree sentir a su alrededor miles de fuegos artificiales y dentro de su cuerpo cientos de mariposas. Nada parecido a eso que compartió con Lolo en la casa abandonada. Cuando se separan para coger aire, las sonrisas de ambos inundan el camino frente a la decepción que ha supuesto la nave, antes de que sus miradas se separen vergonzosas y retomen el camino de vuelta a la casa rural.

—No hace falta que me acompañes, de verdad. Seguro que tu abuela te espera.

—Ella tiene más ganas que yo de que encuentre una buena chica —sonríe con los ojos en blanco.

Lejos de añadir algo, la engancha por sorpresa y uniendo sus cuerpos en un beso de tornillo expresa todo lo que él piensa que es incapaz de decir con palabras. Al separarse, la periodista le abraza como si hiciera años que no estrechaba a nadie de igual manera.

—*Hi.* —Oyen detrás de ellos.

—Hola, Mory. ¿Cómo estás? —pregunta Irene.

—*Better* —responde con la mirada perdida.

—Intenta dormir hoy, y mañana vuelvo a verte. Seguro que sigue todo mejorando.

Retoman el camino y Saúl coge de la mano a la periodista acariciando sus dedos ante la atenta mirada de esta cuando oyen cómo alguien les llama. Se dan la vuelta y no reconocen a la chica que tienen delante.

—¿Sí?

—¡Hola! Soy Olivia. ¿Tú eres Irene, la periodista?

Una chica joven como Menchu, pero vestida de manera más despreocupada, morena con pelo rizado, alta y muy desgarbada, que habla mientras masca chicle de manera exagerada, está frente a ellos con las manos en las caderas.

—Sí, soy yo —responde Irene desconfiada.

—Igual tengo información que puede ayudarte. Pero solo si hablamos a solas.

—¿Dónde? —pregunta mirando de reojo a Saúl.

—En ese banco de ahí me vale. —Y señala al que hay junto al gallinero.

—Muy bien, vamos.

—No me fío, Irene —susurra Saúl junto a su oído cuando ella le suelta la mano y va detrás de Olivia.

—Tranquilo —murmura justo antes de separarse y dejarle con expresión desconfiada.

Si los bancos del camino de Gascón a Canchas hablaran, podrían revelar qué ocurrió con Bruna, pero a falta de eso, estaban la periodista y los jóvenes de Canchas para todas las pesquisas necesarias a la espera de investigaciones policiales serias.

—Oye.

—Dime —responde Irene con expresión repleta de esperanza aguardando algo que cambie el rumbo, de nuevo, de su investigación.

—Igual no es el momento o... Bueno, ya sabes, vivimos lejos y... Bueno, ya me entiendes...

—Bueno —añadió Irene sin poder evitar reírse—. La verdad que no sé qué intentas decirme. —La mira con ojos intensos, ya no tiene edad para quedarse con las ganas de nada, así que si quiere algo de ella tiene que decirlo con claridad. Menos «buenos» y más ir directa al grano.

SAÚL

«¡Madre mía, qué beso! Incluso mejor de lo que pensaba en mi cama cuando lo imaginaba. ¡Qué digo en mi cama! En la cocina, en el salón, en cada paseo... No puedo ni quiero deshacerme de su preciosa cara», piensa Saúl de vuelta a su casa tras dejar a la periodista con esa chica que no había visto nunca. Una notificación vibra en su bolsillo y saca el móvil para ver de qué se trata. Pone los ojos en blanco al ver el wasap y se para en seco llevándose la mano libre a la frente por la sorpresa.

Número desconocido:
Sé que la periodista es mucha periodista, pero yo estuve antes de que te fueras, fulste mi primer beso y mi primer polvo. Lo sabes. Espero volver a repetirlo antes de que te vayas de aquí.

Decide no entrar en un peloteo de wasaps que no llevarán a nada y pulsa el botón verde para llamarla y dejar las cosas zanjadas más pronto que tarde.

—¡Hola, buenorro! No esperaba una respuesta tan rápida, sí que te dejé huella, sí.

—No quiero sonar maleducado, pero ha llovido mucho desde aquello.

—No te hagas de rogar, que nos conocemos. Ya sé que hay bastante diferencia de edad y todas esas mierdas, pero tranquilo, cuando te vayas de aquí seguiré con Lolo y él no sabrá nada de lo nuestro.

Antes de responder, Saúl niega con la cabeza cerrando los ojos.

—Mira, Menchu, yo no soy el mismo, por lo que no voy a repetir los mismos errores. Disfruta de Lolo, de verdad, vive conforme a tu edad y lo que tienes. Yo ya soy solo un recuerdo, dejemos las cosas como están… En el pasado.

—¿En serio dices que no a un polvo fácil?

—Esa es la cuestión, hace mucho que no soy de polvos fáciles, solo de los que me provocan algo dentro.

—¡Vaya mierda es eso de cumplir años! ¿Es lo que os enseñan fuera del pueblo? Pues me quedo aquí, eso está claro. Pobre Bruna si eso es lo que buscaba alejándose la noche del concierto.

Nada más terminar la conversación, Saúl llama a Irene para contarle lo que había dicho Menchu de Bruna. Quizá para que tuviera cualquier información que ayudara en su búsqueda, o simplemente para oír su voz. Cuando cuelga siente cómo miles de mariposas revolotean a su alrededor, por todas partes y dentro de él, resistiéndose a huir de su cabeza. Cada vez tiene más claro que no hay escapatoria posible.

Al llegar a casa y ver la sonrisa de su abuela, siente una punzada en el corazón que le duele más cada día que está allí; marcharse le va a costar más de lo que imaginaba. Ya no es solo Irene, también es su abuela, su mirada, sus arrumacos, su amor. No cree haber sentido algo tan fuerte por ella desde que era pequeño e iba en vacaciones. Ella le colmaba de regalos y bizcochos hechos por sus manos maltrechas desde que la recordaba. Por un momento se plantea si quedarse con ella es lo que tiene que hacer, pedir el traslado en la empresa donde trabaja al pueblo más cercano y comenzar una nueva vida con su abuela e Irene. Sabe que está planeando a largo plazo sin preguntar si quiera a Irene.

Sentado ya sobre su cama, se echa hacia atrás y observa cómo algunas de las pintadas que hizo de pequeño aún se reflejan bajo la limpieza que en su momento debió hacer su abuela. Junto a lo que se puede percibir de ellas, están los pósteres de películas de su época juvenil como *Seven, Heat, Braveheart*... y miles de recuerdos que, maravillosos en su mayoría, comienzan a pasar delante de él como si de una película se tratara, y sin saber cómo, Irene aparece de nuevo frente a él. Pensaba en cómo le hubiera gustado haber vivido aquellos momentos con ella, cuando su móvil comienza a vibrar y cae al suelo lanzando la batería alejada de donde está. «Ojalá sea ella», desea.

Descuelga con mala cara al ver de quien se trata.

—¿Y si te digo algo que podría ser de ayuda para tu amiguita?

—¿De qué hablas ahora? Si de verdad supieras algo espero que no se lo ocultaras a la policía.

—No seas tonto, no es nada de eso. ¡Qué voy a saber yo de ese tema! Me refiero a una pista que igual puede seguir ella y solo sabemos unos pocos.

—¿A qué te refieres? Venga, desembucha y no te hagas de rogar. Sé perfectamente que estás deseando decírmelo.

—Solo a cambio de lo que te he pedido.

—¿De verdad crees que cambiaría información por sexo? ¿¡Pero por quién me tomas!?

—Igual esa información también te consigue sexo con tu enamorada —apostilla Menchu.

—¿Te crees que todo se mueve en torno al sexo y cómo tú piensas?

—A nadie le amarga un dulce, ¿sabes?

—Mira, creo que es una tontería seguir con este tema. Si quieres me lo dices y si no, no.

La expresión de fastidio de Menchu no se puede observar a través del teléfono, pero Saúl sabe cómo debe de estar de cabreada sin saber qué hacer. Supone que no es tan importante si no lo ha descubierto ya Irene o incluso la policía, aunque fuera poco tiempo el que hubieran estado investigando. Así que sin añadir nada más cuelga el teléfono.

Por su parte, Menchu, también tumbada sobre la cama, se siente frustrada por el rechazo y duda entre darse ella sola el gusto o llamar a Lolo, pero ¿y si él también dice que no? Entre bufidos opta por meterse bajo las sábanas y esperar qué trae el nuevo día.

La periodista no puede decir que, en ese momento, el repiqueteo de las campanas tan curioso para ella la haya despertado. No. Lleva ya bastante tiempo con los ojos abiertos a la espera de averiguar qué hora es sin lograrlo. Cuando al fin reconoce que no descifra qué esconden las campanas, decide bajar y preguntar a María; es lo más fácil, aunque se ría de ella. Se pone en pie despacio, pasa a lavarse la cara al baño y baja despacio las escaleras.

—¡Hola, María! —saluda risueña al encontrarla al final de la escalera.

—Hola, cariño. ¿Dormiste bien?

—La verdad que no mucho. Pero cambiando de tema quería preguntarte algo, pero prométeme no reírte de mí, ¿eh? Ya sé que soy muy urbanita, pero como el saber no ocupa lugar creo que serás la más indicada a la que poder preguntar y resolver así la duda que tengo desde que llegué.

El sonido del timbre las sobresalta a ambas y su casera se gira para abrir.

—¡Buenos días, mozalbete! —Acto seguido mira a la periodista con esos ojos de pilla que tanto le gustan a Irene—. Pasa pasa, ¿te pongo un café?

—Sí, por favor, me vendrá bien hoy la cafeína. Será un placer si no es molestia —responde con una sonrisa al mismo tiempo que no puede evitar dejar una mirada llena de intenciones en Irene.

Tras María, entran en la cocina y se sientan a la mesa esperando sus cafés en silencio. La periodista, vergonzosa, se da cuenta de que aún no le ha dicho nada a Saúl y cuando se dispone a hablar él también lo hace pisándose las palabras uno al otro. Rompen en risas nerviosas cuando María les sirve la bebida tan necesaria a esas horas de la mañana, que aún desconoce Irene, pero que delante de Saúl no ve necesario sentirse tonta preguntando cómo funciona el reloj del campanario.

—¿Algún plan para hoy? —Corta la tensión su casera sin dejar de mirarlos.

—Pues yo para empezar venía, a parte de para tomar este café tan rico que prepara —responde con la mirada puesta en María—, para comentar con Irene una conversación que tuve anoche con Menchu.

—Mala espina me da esa chica. No me fío —subraya la casera arrugando la nariz en actitud de alerta.

Ninguno replica y el silencio se une a la mesa como un comensal más, hasta que la periodista y Saúl deciden salir a dar una vuelta, sin importar saber cuál es el plan. Irene da un beso muy marcado en la mejilla a María, quien le susurra que ya habrá tiempo para su pregunta y hace un gesto con la mano para que salga con Saúl.

—¿Qué paso ayer con Menchu? —pregunta la periodista antes incluso de llegar al camino que lleva a la iglesia.

—¿Por qué vamos por un camino nuevo? —contesta él con una pregunta.

—Aquí no espero encontrar a nadie turbulento.

—Turbulento... Buena palabra para definirlo —repite Saúl junto a una sonrisa.

—No seas tonto, ya sabes a lo que me refiero —apunta Irene dándole un pequeño empujón con su cuerpo que convierte su sonrisa en una aún más ilusionada. Bueno, venga, escupe.

—Pues anoche me escribió para decirme que sabía algo que igual te podía interesar.

—¿Y por qué no me lo ha comentado a mí y te llama a ti?

—Bueno..., la verdad..., es que... Mira, es una historia muy larga que empezó hace años cuando yo aún vivía aquí.

—Pues entonces cuanto antes empieces mejor. Vamos a esos bancos —sentencia señalándolos con la mano, intrigada por lo que va a escuchar.

Justo en frente de la iglesia se sientan en un silencio sepulcral que Saúl no sabe cómo romper y siente cómo, poco a poco, el calor sube a sus mejillas debatiéndose entre qué debe contar y qué no de su historia con Menchu.

—Yo vivía aquí y deseaba sentirme uno más de los chicos, aunque hubiera cierta diferencia de edad. Los de la mía dejaban el pueblo uno detrás de otro y cada vez me sentía más solo. Una noche bebiendo junto al río la cosa se nos fue de las manos y amanecí junto a Menchu.

—Espera, espera, que me da que a esa historia le faltan detalles importantes. ¿Qué tiene que ver conmigo y Bruna que te acostaras con Menchu?

—No me siento orgulloso de que fuera su primera vez. Hace que sienta que me aproveché.

—Pero vamos a ver..., y vuelta la burra al trigo. Fuiste el primero, muy bien, pero sigo sin ver la importancia en lo que nos ocupa.

—A ver, ayer, y conste que no tengo la más mínima idea de por qué, me escribió un wasap muy críptico, y antes de pasarme la noche leyendo mensajes que no iban a ningún sitio, la llamé.

—¿Y? —Irene comienza a desesperarse al ver que no entiende nada de lo que pasa. ¿Por qué Saúl de repente se muestra tan distante despúes del beso que compartieron? ¿Por qué es tan importante la relación que tuviera hace años con Menchu y qué leches tiene que ver con la desaparición de Bruna?

—¡¡Vale!! —clama desesperado poniéndose en pie—. Me pidió sexo a cambio de lo que sabe.

El bloqueo se instaura dentro de la periodista que no sabe cómo tomarse ese comentario. Cuando por fin cree recobrar su ritmo cardiaco y poder respirar de manera, digamos, normal, retoma la conversación:

—Muy bien, ¿has quedado con ella entonces?

La mirada de Saúl es indescriptible.

—¿Por quién me tomas? ¿Tan desesperado crees que estoy?

—¡Qué dices! No es eso lo que quiero decir, es solo que a nadie le amarga un dulce.

—Eso mismo dijo ella, a ver si os vais a parecer más de lo que crees.

—En serio, Saúl, solo quiero saber qué me quieres decir y ya de paso que sepas que a mí por supuesto, no me importaría la decisión que tomaras —contesta sabiendo que miente como una bellaca.

—Voy a decirte algo y necesito que lo entiendas, porque no sé si tendré fuerzas para repetirlo en un futuro cercano. Te quiero, o más bien, pienso qué pasaría si tú ahora sintieras como mínimo algo parecido a lo que digo. Me importas muchísimo y cuando estoy contigo todo parece perfecto, no me gustaría perder esa sensación cuando cada uno vuelva a la ciudad y...

—A mí también me pasa —interrumpe Irene—. No voy regalando besos por ahí como el que compartimos.

Ambos se miran y acercándose de manera lenta, intentan que cada segundo se convierta en un instante infinito, sus respiraciones y palpitaciones en respuestas intensas, y el momento en una sensación eterna. Sus lenguas vuelven a encontrarse de manera vehemente, impacientes por el reencuentro hasta que la sonrisa de Saúl separa ligeramente el contacto entre ellos.

—Si obtengo esta respuesta por una llamada de Menchu, me la hubiera hasta inventado hace mucho. ¡Qué pena ser de bueno tan tonto!

—¡Ey! Qué dices, sabes que no tiene nada que ver una cosa con la otra, pero ya que lo mencionaste... cuéntame, e igual podemos encontrar a Bruna. Además, yo no invento, relato sobre papel lo que ocurre —manifiesta muy digna.

—Espera, espera, no tan rápido, primero tengo que quedar con Menchu.

—¿Y a qué esperas? Llámala.

Ni corto ni perezoso coge el móvil y pulsa sobre su contacto.

—¡Hola! Oye, igual podemos hacer un trato y cambiar la información que me comentaste ayer por algo que no sea sexo. Quedamos y comentamos la jugada, ¿vale?

Al colgar poco después, se gira hacia la periodista y la ilusión en sus ojos hace que abrace su cuello y la bese sin contemplaciones.

—¿Buenas noticias?

—Al menos he quedado con ella y creo que algo se podrá hacer. En media hora debo estar en el banco del camino de tierra.

Media hora después...

—¡Hola, guapísimo! ¿Qué te hizo cambiar de opinión? En el fondo lo vamos a pasar bien, he mejorado mucho desde aquella primera vez —apostilla Menchu con ojos provocadores.

—No me cabe duda, en cuanto a eso mi respuesta sigue siendo la misma, pero he pensado que podía conseguirte una plaza en la academia de peluquería esa que tanto te gusta.

Por lo menos antes te gustaba. Sabes que mi recomendación puede hacer que entres en el curso, aunque ya no haya plazas.

—¿Cómo sabes que ya no hay?

—Tengo mis contactos, sabes que me llevo bien con casi todo el mundo de por aquí. Pero no haré nada si no me das esa información que dices que nos ayudará a descubrir el paradero de Bruna.

—¿Os ayude? Claro, tonta de mí. Olvidé a la perfecta periodista.

—Venga, no seas niña, sabes que hoy por hoy es quien más opciones tiene de encontrarla.

—Tienes razón, tú ganas —sentencia tras unos segundos mirando al infinito—. De todas maneras, tras nuestra conversación esta mañana me di el gusto con Lolo porque ya me esperaba yo que seguías emperrado en el no.

—Al grano, Menchu.

—Pues mira, creo que de quienes tiene miedo Mory son los que están metidos en el ajo. Y tu chica se lleva bien con ella, así que, que empiece por ahí.

Y con las mismas da un beso en la boca a Saúl que se aparta nada más sentir sus labios, y ella se aleja sin mirar atrás. Él, negando con la cabeza, se dirige a casa de María, quien abre y le dice que suba a la habitación de la periodista con su mirada granuja.

—Hola. Ya hablé con Menchu. —Escucha Irene nada más oír su «adelante»—. El caso es que igual no te sirve de nada, pero, aunque haya sido de manera críptica, parece que Mory tiene información que puede ser de utilidad, así que si quieres te acompaño, aunque luego os deje solas para que habléis más tranquilas.

—¡Perfecto! Si es que eres un sol. —Se acerca, sonríe con ojos traviesos y le da un beso que por supuesto él acoge con intensidad entre sus piernas.

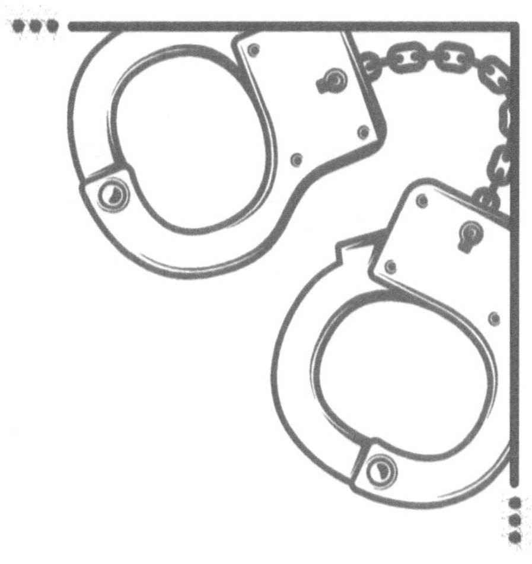

MORY

De camino al gallinero ambos sonríen como quinceañeros con sus manos entrelazadas y repartiéndose besos. No se dan cuenta de que ya han llegado hasta que Mory les asalta desde la puerta asustándoles.

—*Oh, what together!* —suelta subiendo las cejas con una gran sonrisa.

—¡Hola, señora! Bueno, yo os dejo, ya me avisas cuando quieras dar una vuelta. —Da un beso a la periodista y se despide con la mano de la mujer inglesa.

—¿Cómo vas, Mory? —pregunta cariñosa Irene.

—No mal, *darling*.

—¿Alguna novedad por aquí? ¿Has visto algo raro?

—No diferente de cuando tú venir *last time*.

La periodista no sabe cómo o qué preguntarle para que le cuente algo que no sepa y pueda ayudar, como le dijo Menchu a Saúl.

—¿Por qué así tú cara? —pregunta extrañada Mory.

—No sé, creo que quizá pasó algo que se te pudo escapar desde la última vez que hablamos. —Se queda en silencio expectante antes de continuar—: Pero ¿sabes qué? Igual es solo mi mente de periodista. No importa, perdona por molestarte. Me marcho ya, pero no olvides que tienes mi teléfono para lo que necesites.

Camina despacio hacia casa sin poder ver a su espalda el ceño fruncido de Mory. Esta vuelve al gallinero y sin dudarlo llama a Menchu para que vaya a verla, lo cual pasa antes de lo que esperaba.

—¿Qué pasa, Mory? ¿Vino la perfecta periodista? Creo que lo que le dije a su noviete dejó huella, pero dime antes de que se te olvide cualquier detalle.

—Vino, sí. Duda en ojos y preguntas, creer que ella no imaginar nada.

—Perfecto, esta tarde Lolo continuará con el plan. —Su sonrisa apenas coge en su cara.

El timbre de la puerta despierta de su siesta tanto a María como a Irene. La casera se dirige hacia la entrada enfadada, tanto que parece abrir el portón de un grito, y cuando lo hace en silencio solo con un gesto contrariado, ve a Lolo y no puede disimular su malestar.

—¿Qué quieres? —pregunta sin esconder su mala leche. Ya tiene años como para poder decir lo que quiera y como quiera.

—Perdone, señora, necesito hablar con Irene.

Con un portazo deja a Lolo bufando tras la puerta mientras María va a avisar a la periodista. Unos minutos más tarde Irene sale por la puerta con cara de fastidio y se cruza de brazos delante de él antes de hablar.

—¿Qué quieres?

—¡Vaya! Esperaba más cercanía después de lo que compartimos... Ya me entiendes. —Se acerca y antes de poner sus manos en las caderas de Irene esta le empuja y Lolo se cae tras tambalearse. Su cara de asombro hace que Irene sonría de manera divertida antes de ofrecerle su mano para que se levante—. Sí que has cambiado sí. Qué malas pulgas, chica.

Con lo bien que nos lo pasamos juntos aquel día —apunta sacudiéndose el pantalón.

—Anda venga, di a qué has venido.

—¿A qué? ¿No puedo venir solo a pasar el rato?

—No cuela, Lolo, venga, ¿qué quieres?

—Jo, tía, qué borde, pensaba que al menos éramos amigos. Vamos a dar un paseo y nos ponemos al día.

La periodista prefiere no añadir nada y anda con él de camino a los columpios a ver qué quiere en realidad. El silencio implantado entre ambos hace sentir a Lolo muy incómodo y empieza a soltar todo lo que tanto tiempo lleva ocultando.

—¿No has ido nunca tras ese recodo? —Señala una calleja parecida a la del final de la tienda de Carmen, que en paz descanse.

—La verdad es que no. ¿Hay algo interesante?

—Vamos y te lo enseño.

Aunque reticente, la periodista va tras él deseando que Saúl estuviera allí. Tras doblar una estrecha esquina, otra casa abandonada aparece ante ellos y la periodista pone los ojos en blanco antes de hablar:

—¡¿Qué?! ¿Otra casa abandonada donde probar drogas? —Su cara es un poema y siente cómo comienza a hervirle la sangre.

—¡¿Qué dices?! Y no era droga, solo... Mira da igual. ¿Quieres saber lo que Menchu no dijo a Saúl? —exclama Lolo con impaciencia.

—Vale, está bien, vamos —responde resignada—. Pero que conste que no voy a tomar nada.

—¡Joder, tía! Que no, mira que me dan ganas de darme la vuelta.

—Oye no he venido hasta aquí para nada. Venga, ¿qué tengo que ver? —pregunta la periodista mirando alrededor—. Al final va a ser verdad eso de que no tener ningún establecimiento de comida rápida hace que os aburráis demasiado.

Él abre la puerta de una nave, más pequeña que la que ya conocía Irene, con dificultad y se puede ver a alguien tumbado en un camastro con pinta de quebrarse solo con que alguien más se sentara sobre él. Cuando los ojos de la periodista se hacen a la oscuridad que impera, puede vislumbrar a una chica casi esquelética que apenas se mueve, pero está claro que se encuentra de cara a ellos. Tras unos segundos de desconcierto la periodista va hacia ella, se vuelve angustiada para decir a Lolo que pida ayuda y se da cuenta de que este ya no está. La soledad las envuelve a ambas e Irene siente, no sin miedo, que debe tomar el control de la situación cuanto antes.

—Tranquila, tranquila. Voy a salir fuera a por ayuda. Ahora vuelvo. Ya estás a salvo. —Sus manos están temblorosas y espera que la chica no se haya percatado.

En la puerta por donde han entrado, la periodista pulsa el 112 mirando hacia los lados, pero definitivamente Lolo ha desaparecido. Nada más colgar vuelve con Bruna y se da cuenta de lo demacrada que está. Aún no ha abierto la boca, pero Irene se percata de que puede ser por el candado que hay en torno a su cuello, como los que tiene alrededor de manos y pies.

—¿Quién te ha hecho esto? ¿Recuerdas algo? —Las palpitaciones retumban fuerte dentro del pecho de Irene que de nuevo espera que no sean percibidos por Bruna.

«Joder, no tengo ni agua ni nada de comer. Ni siquiera un mísero caramelo», se lamenta al sentarse junto a ella para abrazarla con sumo cuidado. Bruna no parece eludir el acercamiento y la periodista nota cómo se relaja al posarla sobre su pecho, aún agitado y nervioso a la espera de ayuda. Pocos minutos después, escucha cómo unas sirenas parecen estar cada vez más cerca.

—Tranquila, ya acabó todo. Respira calmada, la ayuda casi ha llegado. —Intenta expresar en un tono monocorde.

La periodista ambiciona atisbar, en el supuesto lugar de los hechos, algo que aclare la situación o dé alguna pista, pero no hay sangre seca ni olor metálico de una que sea reciente.

Tras subir a la ambulancia con ella, Bruna sigue sin decir nada y la periodista, aunque radiante por haberla encontrado viva, sigue confundida por todas las preguntas que se presentan en su cabeza y hacen que no entienda nada de lo que ha pasado con Bruna: ¿cómo estaba tan cerca sin que nadie lo supiera? ¿Por qué Lolo la llevó hasta ella para luego abandonar a ambas? ¿Sabía todo el tiempo dónde se encontraba?

Tras haber sido atendida por los médicos de urgencias en el mismo hospital donde estuvo Carmen, la periodista estrecha la mano de Bruna e intenta que esta pueda decir algo que ayude a saber quién la dejó allí, si le hicieron algo o incluso si sabe el porqué.

—Ho... hola.

Al escuchar la voz de Bruna Irene se acerca a ella todo lo que puede.

—Hola, princesa —susurra casi en su oído—. Llevo mucho tiempo buscándote y créeme cuando te digo que eres más increíble aún de lo que esperaba.

—¿Quién... quién eres?

—Sí, perdona. No me he presentado. Soy Irene, periodista de Madrid, vine a cubrir la noticia de tu desaparición.

—Buenas, nos volvemos a ver, pero ahora con la desaparecida entre nosotros.

La cara de pánico de Bruna no le pasa desapercibida a la periodista que le estrecha la mano aún con más fuerza que antes.

—Si me permite hablar con ella a solas, señorita.

—Lo siento, pero no voy a dejarla sola, no parece que quiera estarlo al menos. —Bruna niega con la cabeza y sus ojos reflejan un pánico que no había visto antes Irene—. ¿Ve? No voy a separarme de ella hasta que esté más tranquila.

El comisario aún refunfuñando, se sienta en una silla que hay junto a la cama antes de comenzar.

—¿Te acuerdas de algo de lo que te ha pasado? —Ella niega con la cabeza en silencio—. Muy bien, entonces, ¿de quién te llevaba la comida o limpiaba tus orines o excrementos? —La misma respuesta.

—¡¡Bruna!! Por fin.

—¿Quién es usted, joven? —El comisario se levanta con malos humos ante la mirada asustada de Bruna y la entrada tan decidida y sonora en la habitación.

—Soy Menchu, su mejor amiga —responde sin mirar a nadie más que a Bruna.

Él se acerca y le indica con la mano que salga de la habitación. Con ambos ya fuera, la periodista musita más cerca de Bruna si cabe:

—¿No es tu mejor amiga? ¿Por qué esa expresión de pavor?

—Oí su voz uno de los días que me llevaron comida.

—¿Solo su voz? ¿No la de nadie más?

—Discutía con alguien, pero debía estar lejos porque no podía escuchar nada.

—Vale, tranquila. Esto no acaba aquí, seguiré con la investigación para encontrar los cabos sueltos y descubrir quién está detrás de todo. Menchu me tiene descolocada últimamente, pero no la creo capaz de mantener el secreto de lo que te pasó durante tanto tiempo y menos aún, haber estado implicada. Supone demasiado trabajo llevarte comida, bebida y limpiar lo demás.

—¡¡Ya apareció Bruna, María!! —grita Irene nada más entrar por la puerta y no ver a María en la cocina.

—¡¿Qué dices, niña?! —responde su casera apareciendo por el pasillo.

—Ha sido todo muy extraño. Lolo me llevó a una nave abandonada donde estaba atada por el cuello con algo que iba enganchado a la pared. Se encontraba en un catre junto a un cubo para sus necesidades. Cuando le pedí ayuda a Lolo, este ya no estaba y no he vuelto a saber nada de él.

—Ya sabía yo que ese grupito me provocaba un mal presentimiento, y lo del vino ese ya fue la gota que colmó el vaso. Pero dime, ¿cómo está la chica? ¿Ha dicho algo?

—Apenas... Y yo estoy muerta —responde Irene sentándose en una de las sillas de la cocina.

—Cómo no vas a estarlo si pasaste la noche fuera, cielo. Yo pensaba que estabas con ese mozalbete que me gusta tanto. Normal que estés hecha unos zorros.

—Ojalá hubiera pasado todo esto junto a él. Me voy a la cama, que nadie me reclame hasta que baje.

—No hace falta que digas más, cariño. Intenta descansar, ¿quieres que te suba una infusión?

—No podría dar ni un sorbo —responde con una sonrisa antes de abrazarla con fuerza y subir a su habitación.

IRENE

A las pocas horas suena el timbre de la puerta y María se apura para abrir antes de que el sonido despierte a la periodista que sigue arriba descansando.

—Hola, guapísimo —susurra bajando el escalón de la entrada—. Llegó hace nada e imagino que seguirá durmiendo. ¿Sabes que por fin la encontró?

—No me diga, ¿de verdad? ¡Qué alivio! ¿Está bien?

—Eso parece, aunque Irene dice que tiene que encajar ciertas cosas de todo lo ocurrido... Ya sabes cómo es.

Tras despedirse y sin saber por qué, camina hacía el gallinero de Mory, algo no le olió bien la última vez que estuvo allí. Al acercarse puede distinguir a lo lejos a la mujer inglesa junto a Menchu y Lolo. Decide esconderse tras unos matorrales como puede y, aunque no alcance a escuchar, los gestos airados de ambas contra Lolo son evidentes. Tras unos minutos se dan la vuelta con la cabeza gacha y ambas entran en la casa —si se puede llamar así— de Mory. Él no lo piensa y vuelve de manera apresurada, aunque haciendo el menor ruido posible, a casa de María. Al llegar no puede evitar sentirse agitado cuando es la periodista quien abre la puerta.

—¡Menos mal! Tenía miedo de que no estuvieras bien tras todo lo ocurrido —exclama dándole un abrazo.

—Ya me comentó María que viniste, no pude dormir mucho, pero sus infusiones son mano de santo. Entra y me cuentas por qué estás así de excitado.

—Eso solo contigo, mi chica. Vamos dentro y empiezas tú, que yo también tengo que hacerlo, pero primero las damas —dice guiñando un ojo con una sonrisa enorme en su rostro.

Sentados a la mesa bajo la atenta mirada de María, Saúl escupe todo lo que ha visto ante la insistencia de Irene y cuando termina, ella toma la palabra.

—Hay muchas cosas incoherentes. No entiendo por qué Lolo me llevó hasta Bruna, cómo podía saber dónde estaba sin haber dicho nada antes, pero claro, ahora que me has contado eso creo que las piezas ya empiezan a encajar. Queda claro que ellas no están de acuerdo con cómo ha terminado todo, lo que no termino de comprender es por qué lo hicieron ni la decisión que tomó Lolo al llevarme a la nave donde estaba Bruna. Creo que debo hablar con el comisario y contarle todo, a ver si él con sus medios puede saber de qué se trata el entramado de esos tres. Voy a por mi móvil, pero luego podríamos ir tú y yo a ver a Bruna, ¿te apetece?

—Claro, aquí te espero.

En la habitación de Bruna encuentran a una chica que desconocen charlando con ella entre risas y expresiones cariñosas.

—¡Qué alegría verte sonreír así! —exclama Irene.

—Quizá es porque las pruebas médicas salieron bien. Ya sabía que no me habían violado, pero con la mierda que había allí es un milagro que no haya pillado nada.

—Yo ya le dije a esta petarda que no se le perdía nada en esas fiestas.

—Perdona, ¿tú eres...? Yo soy Irene, la periodista de Madrid.

—Sí, sé quien eres, aunque no nos hayamos visto hasta ahora. Soy una chica de Canchas, pero no del grupito de Menchu y compañía —contesta con los ojos en blanco.

—¿Eres entonces quien no se llevaba bien con Menchu?

—Finamente… Se puede decir así, solo tenemos en común nuestra tirria por la mujer de la tienda de Gascón.

—¿Sabes que murió? O más bien la asesinaron de una pedrada.

La expresión entre sorprendida y falsa, da mucho que pensar a la periodista que anota mentalmente averiguar todo lo que pueda de ella.

—No me dijiste tu nombre.

—¡Es verdad! Soy Bárbara, vaya educación la mía —sonríe de manera críptica.

—¡Qué guapo tu acompañante! Me suena su cara, pero no lo ubico.

—Soy Saúl, me fui hace bastante de aquí, es normal que no me recuerdes.

—¿Te apetece hablar de lo que recuerdas? —pregunta Irene animada a la espera de una respuesta afirmativa, acercándose a ella y alejándose de Bárbara.

—La verdad es que estoy cansada. La conversación con esta me ha dejado KO —Y palmea la mano de su amiga riéndose—. ¿Vienes mañana después del desayuno que estoy más despierta? Y tú no vengas que nos conocemos —puntualiza risueña mirando a Bárbara.

En el camino de vuelta a casa la periodista conduce en silencio mientras Saúl mira por la ventana como si fuera la primera vez que ve ese paisaje.

—No tienes que hacer eso —murmura sin mirar a Irene.

—¿A qué te refieres?

—Sé que te estás mordiendo la lengua por no decir todo lo que pasa por tu cabeza ahora mismo, y recordando a Nietzsche te diré que «el terror es la madre de la moralidad».

—¿Tú también vas a empezar con frases y refranes como María? —espeta mirándole fijamente.

—¡Eh! Mira a la carretera. Solo te intento decir que no tengas miedo de debatir lo que piensas, lo que crees que ha pasado y lo que me parece que cada vez estás más segura de hacer.

—Ah, ¿sí? ¿Y qué es?

—Ir a la comisaría de Canchas y exponerles tus conjeturas.

—Ese el problema; son conjeturas. ¿No sería mejor que lo hiciera cuando tenga las cosas claras? —pregunta con expresión triste.

Saúl pone su mano sobre una de las de Irene que está sobre el volante y responde:

—Me parece bien, pero no te hagas mala sangre si no obtienes respuestas. Recuerda que eres periodista, no policía.

Nada más aparcar detrás de la casa rural, va directa al salón donde se desploma sobre el sofá y Saúl va hacia la cocina donde ha visto a María al entrar.

—¡Hola, mochuelo! —La calidez de su voz no deja de envolverle como si de un abrazo se tratara.

—Irene está en el sofá con la cabeza sin dejar de darle vueltas a punto de explotar.

—Pero, ¿está bien? —pregunta dándose la vuelta con esa mirada tan profunda.

—Creo que sí, solo algo agobiada por terminar de saber qué ha ocurrido. ¿Usted conoce a Bárbara?

—Me pareció oír en la tienda donde voy desde que murió Carmen, que esa muchacha no la tenía en buena estima. Bueno, ni a ella ni al grupito del chico ese del vino.

—Irene cree que es la culpable de la pedrada que resultó mortal, y no termina de entender la unión que parece haber entre Mory, Menchu y Lolo. Yo a Menchu no la veo capaz de idear nada así, pero sí de dejarse manipular por quien tuviera la idea.

—No sé quién urdió todo y llevó a cabo el plan para mantenerla con vida, pero sí te diré, igual Irene no lo sabe y a mí tampoco se me ocurrió antes decirlo, que la señora inglesa es muy suya. —Se sienta junto a Saúl y con la mirada perdida en el infinito, continúa—: No se llegó a integrar tan bien como la familia de la chica esa que desapareció. ¡Ay! Nunca me quedaré con su nombre.

—Bruna. —Le recuerda Saúl.

—Eso, el caso es que se decía que era por vivir entre los dos pueblos y no pertenecer a ninguno. Pero a mí siempre me mantuvo con la mosca detrás de la oreja. Quise confiar en el buen juicio de Irene, pero los años son el mejor maestro, y eso es quizá lo que le falta a nuestra chica.

—Puede ser, no descarto esa idea. Pero Irene necesita pruebas que poder mostrar a la policía para que no echen por tierra su planteamiento.

—¡Ay! ¡cómo voy a echar de menos estas charlas junto a la mesa de la cocina! —Se oye a la periodista sentándose a la mesa junto a María y Saúl.

—¿Estás más descansada o al menos más tranquila? —pregunta Saúl.

—No lo sé, la verdad. Es todo tan de película de sobremesa que…

—Igual te parece una locura, pero ¿por qué no mandas un mensaje de esos vuestros por teléfono a Lolo? Siempre supiste camelártelo. Al final te llevó a la chica y, no te ofendas, Saúl, como mujer eres más astuta que él. Creo que sabrás sacarle la información que necesitas antes de ir a la policía a contar todo.

—Pero ¿qué todo? Ese es el problema —refunfuña mientras oculta su cara con las manos.

—Estoy de acuerdo con María, cariño —asiente Saúl colocando una mano bajo la mesa sobre su pierna—. Estoy seguro de que podrás sacarle todo lo que necesitas para refutar tus hipótesis y convertirlas en hechos con sus pruebas.

La periodista mira a los dos con cariño antes de despedirse y subir a su habitación. «¿De verdad podré hacer lo que dicen?», se cuestiona antes de escribir un wasap a Lolo para quedar con él mañana, tal y como le había propuesto María. Con un nuevo día por delante tras haber descansado, sabrá cómo organizarlo todo para hablarlo con Lolo.

Al día siguiente, tras una ducha rápida baja a la cocina y encuentra a su casera allí ¡Cómo la echaría de menos cuando todo acabara!

—Buenos días, mi chica. ¿Pudiste descansar?

—Creo que sí. Solo me falta apuntar todas las preguntas que se me ocurrieron anoche para llevar a Lolo por donde me interesa.

—No esperaba menos de ti. Desayuna bien, coge fuerzas y a descubrir la verdad. Muchos morirían por poder hacer lo que tú haces con esa cabecita tan bien ordenada. Piensa que lo que no llega no encontró ni momento ni camino.

—¿De quién es la frase?

—De quien tienes delante. Los años son el mejor maestro —atestigua acercándose y envolviéndola con todo su cuerpo.

Al terminar, la periodista se cuelga el bolso y sale en dirección a los columpios. Cuando llega, para su sorpresa, Lolo ya está ahí con expresión contrita.

—¡Ey! ¡Qué puntual!

—Contigo siempre, y más ahora que dejé a un lado mi negocio.

—¿Y eso? —pregunta Irene sin saber si es producto de lo ocurrido con Bruna o por el miedo de que ella vaya directamente a la policía.

—Se me fue todo de las manos. Al final va a ser verdad eso de que los de ciudad sois más listos.

—¡Eh, venga! Anima esa cara. Al final Bruna está bien y eso es lo que importa. Nunca terminaré de agradecerte que me llevaras a ella. —Aprieta los labios por no decir más de la cuenta acerca de sus próximos pasos antes de dejar Gascón.

—Es que ya no podía más. No creía que todo fuera a terminar así, pero Mory supo cómo manejarnos, especialmente a Menchu, que parecía tenerle ganas a Bruna. ¿Tantos celos sentía? Siempre habrá gente mejor que uno, pero no por eso hay que hacer lo que hicimos.

—Pero ¿qué fue exactamente? —La periodista prefiere dejar a un lado la sorpresa de oír palabras tan maduras en ese chico aún tan joven, para centrarse en lo que de verdad pasó con Bruna.

—Si te digo la verdad, nunca pensé que Mory estuviera tan ida de la cabeza como se oía por el pueblo. Pero creo que incluso está peor.

Irene acerca su columpio al de él para abrazar su cuerpo hecho casi un ovillo.

—Tranquilo, desahógate.

—Hay otra manera mejor que hablando, ¿lo olvidaste? —Y esa mirada de pillo de la primera vez aparece de nuevo.

—No seas tonto, anda, que ibas muy bien. ¿Qué te hicieron esas dos para convencerte? No puedo creer que tú hubieras ideado algo tan retorcido.

—Ni que lo digas, aquel día no podía salir de mi asombro.

—¿Qué día?

—Una tarde Menchu y yo quedamos en casa de Mory solo por pasar el rato. Me extrañó no hacer otras cosas, ya me entiendes, pero allá que fui. Al llegar estaban sentadas sobre la cama entre miradas de esas suyas que parecen estar maquinando algo y cuando Menchu me vio se levantó para darme un beso, de esos suyos donde su lengua acaricia hasta mi estómago sabiendo lo duro que me pone eso. Antes de poder seguir, aunque la inglesa estuviera delante, ya imaginarás que a mí eso me da igual, se apartó para acercarme una silla. Sentado frente a ellas, me comentaron que ya era hora de hacer saber a Bruna que su físico no lo era todo y su amistad con Bárbara tenía que terminar. —Resopla y coge aire antes de poder seguir ante la atenta mirada de la periodista—. Todo me parecía una locura, pero decidí solo escuchar y no añadir nada a lo que decían. Observé la cantidad de cintas de vídeo que tenía Mory de la película de *Maniquí*. Estaban sobre un estante que no había visto antes... Todo era tan raro. Esa película era una de su época, que al terminar de hablar nos obligó a ver con ella. Cuando terminó me di cuenta que lo que quería era su versión retorcida de la película, donde la comedia se convertía en drama. La señora está loca, de verdad. Supongo que sabría que Menchu no estaría dispuesta a recoger las cagadas y meados de Bruna, así que ya imaginarás a quién le tocó. Siempre en silencio, sin mi colonia o cualquier cosa para que no supiera quién era. Ni te imaginas las veces que vomité después de salir de la nave.

La periodista ve que junto a ella solo hay un chico que no sabe por qué ha hecho lo que le decían y su mirada arrepentida busca una solución a lo que tiene encima.

—Tranquilo, encontraremos cómo contárselo a la policía de la manera que menos consecuencias te traiga.

—¡¿Qué?! ¡¿Estás loca?! —exclama poniéndose en pie con los ojos desorbitados.

—Ey, ey, ey... Sabes que hay que hacerlo y tanto Menchu como Mory deben pagar por lo que le han hecho a Bruna.

MORY Y MENCHU

—Hola, comisario —saluda la periodista nada más entrar en el edificio de la policía y verle subiendo las escaleras—. Venimos a contarle lo qué pasó con la chica desaparecida.

Él se vuelve con una cara de sorpresa que no puede ocultar y les indica con la mano que suban con él.

—¿Y tú eres? —pregunta mirando a Lolo.

—Un amigo de Bruna, señor —responde él con la mirada gacha.

—Muy bien, siéntense.

—Mory y Menchu fueron quienes idearon todo y...

—Espere, espere, muchacho, ¿quiénes son Menchu y Mory?

—Mory es la mujer inglesa que vive entre Gascón y Canchas, y Menchu una chica de aquí —responde Irene tras tragarse su sorpresa ante lo dicho por Lolo y el comentario del comisario; «¿Cómo es posible que no conozca a Mory? De verdad que este hombre solo anida en su ombligo».

—El caso es que ambas querían quitarse a Bruna de encima. Pensaban que si le hacían pasarlo mal se iría lejos del pueblo.

—¿Y por qué querrían hacer algo así?

—Quizá Mory quería ser la única extranjera a la que pusieran atención en el pueblo, quizá solo alejar a la chica del peso que suponía para Menchu... No lo sabemos, creo que eso ya debe investigarlo usted y llegar al final del asunto —responde Irene.

—¿Y usted, joven, que tiene que ver con toda esta historia? —pregunta mirando a Lolo.

—Yo..., eh..., pues también soy del pueblo y entre las dos me manipularon para ayudarlas.

—Vamos, que fue cómplice en toda esta sórdida historia que me están contando.

—Usted puede pensar lo que quiera. El caso es que la chica ya apareció y fue usted quien me dijo que antes de contar nada a la revista se lo dijera, ¿se acuerda? —interviene Irene con la sangre hirviendo de la desidia que ve frente a ella—. Nosotros ya nos vamos, y yo en poco tiempo de Gascón, así que ahora está todo en sus manos.

—Esperen, esperen. Usted, jovencito, por lo pronto tendrá que pagar por saber acerca de ella y no decir nada.

—Lo sé, señor. —Y agacha azorado el rostro.

—Esto no es una película *yankee*, así que no oirá de mi boca lo mismo que en ellas, pero más vale que cuando le busque se encuentre en el pueblo tras hacer todas las investigaciones necesarias.

—No me iré a ningún sitio.

—Pues si no tiene nada más que decir, le dejamos que trabaje —añade Irene arqueando las cejas.

Salen por la puerta y ambos sueltan todo el aire que parecía no haber podido escapar de sus pulmones en el despacho y se abrazan sin decir nada. Lolo intenta besarla cuando se separan, pero la periodista se echa hacia atrás torciendo el gesto.

—No empieces, que nos conocemos.

—Solo una vez antes de que te vayas. ¿Qué me dices? —insiste arqueando las cejas.

—Mira, yo estoy con Saúl y ahora tienes cosas más importantes por las que preocuparte. Anda venga, vámonos. —Y se engancha a su brazo encaminándose ambos al coche.

Al mismo tiempo en el gallinero...

—¿Y ahora qué va a pasar, Mory? ¿Iremos a la cárcel?

—No pedir nada por ella. No tener pendiente nada con justi... justicia. No más obligar estar casa o *jobs with comunity*.

—Apenas te entendí, pero ojalá que sea eso de quedarse en casa. No me apetece nada vestirme de barrendera, y menos que Bruna tan perfecta, me vea.

Cada una se dirige a su casa y cuando Mory llega ve que la periodista está sentada en el banco frente a su casa.

—¿Qué querer?

—¿Eso es todo lo que tienes que decirme? Me voy, dejo este pueblo y sus secretos que cada día son menos necesarios en mi vida.

—*Good* —responde mientras entra en casa.

—Confié en ti, pensaba que eras una buena persona. Ahora solo veo una mujer amargada —replica detrás de ella.

—*More?*

—No, no *more*. *Only bye* —añade la periodista arrugando la nariz con expresión de desesperación queriendo matarla ahí mismo.

En el camino de vuelta escribe a Saúl para verse en los bancos de la iglesia y él contesta de inmediato provocando una gran sonrisa en Irene, que se dirige hacia donde acaban de quedar.

—¡Vaya sonrisa! Nunca dejará de impresionarme lo que me provoca —dice acercándose a ella al encontrarse. La estrecha con fuerza de la cintura y no pide permiso para encontrarse con su lengua y labios esponjosos.

—Para o iremos al infierno —sugiere Irene con su mirada más gatuna que nunca.

—Si es contigo me quemo donde haga falta.

La periodista mira alrededor por si hubiera alguien husmeando y al no ver nada ya no hay más palabras; se devoran sin respirar apenas y abrazan sus piernas entre tambaleos y gemidos ahogados. La saliva parece feliz de ser compartida hasta que oyen la voz del quejoso párroco.

—Este no es sitio para solicitar vástagos al señor, menos aún sin estar casados.

—Hola, padre. Perdone, nos hemos dejado llevar por la alegría de haber cerrado el tema de la chica desaparecida.

—Me alegro, no cabe duda. Pero dejad la efusividad para la misa. En la que sigo sin veros a ninguno.

—Le prometo que antes de irme asistiré a alguna —replica Irene.

Ya hacia casa, Saúl le pregunta si cumplirá su promesa y la periodista asiente antes de responderle que igual debe confesarse por haber dudado de su implicación en todo el tema de Bruna. La carcajada de él retumba en cada árbol del camino de vuelta.

—Por eso te quiero, eres genial.

Irene se para en seco para mirarle profundamente antes de preguntar:

—¿Me quieres... has dicho?

—Sí —asiente al ver las manos de Irene en esas caderas en las que cada vez tiene más ganas de perderse—. Sé que puede parecer precipitado, pero es algo tan fuerte lo que siento que no encuentro otra palabra de expresarlo.

La periodista no añade nada y solo coloca su mano alrededor de su cuello para besarle despacio, sin prisas. Antes de poner sus manos sobre las caderas masculinas de él, comienza a respirar de manera acelerada y su mano se dirige hacia su vientre plano, con una hilera de vello que le hace imaginar que es una flecha perfecta hacia lo que más desea disfrutar. Se separa, mira hacia ambos lados para asegurarse, ahora sí, de que no haya nadie, y le coge de la mano impulsándole fuera del camino. Una hermosa, amplia y rígida piedra sirve de apoyo cuando Irene le empuja y se sube la falda.

«Menos mal que opté por este conjunto», piensa divertida frente a la encendida y apasionada mirada de Saúl.

—Ufff... Me vuelves loco —susurra antes de introducirse en ella sin problemas.

Duro, excitado y anhelante, Saúl espera poder contenerse lo suficiente para que aquello no acabe antes de empezar. La siente húmeda y palpitante, acomodando sus paredes más íntimas a él, a ese momento que no pensaba que se fuera a producir ahí mismo, donde todo empezó y esperaba que durara mucho tiempo.

Los gemidos de Irene en su oído, hacen que explote tan pronto como temía, con un ronco gruñido que escapa de entre sus labios al mismo tiempo que las piernas de Irene abrazan con más fuerza su cadera, rozándose fuerte y rápido con el sexo aún consistente de Saúl. Al separarse, este la mira profundamente y pregunta un tímido «¿pudiste...?». Los movimientos negativos de la periodista hacen que los dedos de él busquen ese punto bullicioso que sabe que será la solución para un final completo y perfecto. Irene separa su pecho de él, cerrando los ojos y acelerando su respiración sin importarle nada de alrededor. Un grito, poco silencioso, llega antes de lo que él esperaba y se funden en un fuerte abrazo entre los jadeos de ambos.

—Saúl —susurra la periodista entre suspiros rápidos—. Gracias, siempre fue una fantasía hacerlo así.

—Espero que no haya sido solo por eso —comenta travieso.

—Sabes que no. Me encanta cómo has hecho vibrar ese punto, bueno, ya sabes a qué me refiero. —Sonríe vergonzosa.

—Una vez hasta provoqué un síncope —subraya risueño arqueando las cejas.

—¡¿De qué hablas?!

—Bueno, quizá no llegó a tanto, pero por su reacción de verdad que lo parecía.

—Anda, fantasma. No hagas un Lolo. —Sonríe con una sinceridad que ya tenía olvidada.

Entre risas y con la ropa más en su sitio que hace unos minutos, se encaminan hacia la casa de María. Antes de introducir la llave, parece que la casera los ha oído, o los estuviera esperando, porque aparece con una de esas expresiones tan crípticas a las que ya está acostumbrada la periodista.

—Sí que os habéis demorado. —Ante el rubor de ambos, María sigue hablando con una sonrisilla de las suyas antes de proseguir—: Vino por aquí el chico ese del vino controvertido y me dijo algo de una llamada de la policía.

—¡Eh, periodista! ¿Qué crees que vas a conseguir? ¿Alejarme de mi amiga? ¿De mi chico?

—En serio, Menchu. ¿Otra vez? ¡¿Qué demonios te pasa ahora?! —Irene gira la cabeza molesta, hacia donde cree oír las palabras y esa voz tan conocida.

—No te hagas la tonta conmigo. La policía vino a mi casa para decirme que sería detenida si aparecía por la habitación del hospital Bruna.

—Mira, eso deberías hablarlo mejor con ellos. Son quienes te lo han dicho, como tú bien dices yo solo soy una periodista.

—A mí no me engañas, mosquita muerta. —En ese momento Saúl se pone entre ambas y antes de poder decir nada, Menchu sigue escupiendo como si le fuera la vida en ello. Quizá porque es lo que ocurre—: Si algo nos pasa a Mory o a mí, te acordarás cuando menos lo esperes y tanto tú como Bárbara pagaréis por lo que estáis haciendo.

—¿Nosotras? —brama Irene detrás de Saúl, por no pegarle un tortazo que la deje de vuelta y media, sin creer lo que escucha.

—Vale, vale. Será mejor que te vayas, Menchu, si no quieres complicar aún más las cosas.

—Ya veo, al fin la metiste en caliente, ¿eh?

—No te rebajes más, niña, y vuelve a Canchas —interviene María.

EPÍLOGO

Han pasado ya varios meses desde que dejó atrás Gascón, cuando Irene abre el buzón de su casa y ve un sobre lleno de corazones rotos, puñales y sangre bien roja, tanto, que parece que quien la pintó se hubiera ensañado con todas sus ganas. Al sentarse en su sofá lo abre con cuidado y lee con atención:

Espero que no te hayas olvidado de mí, yo no lo he hecho ni un día desde que estoy en esta pequeña habitación que no dejan de repetir que me ayudará a ser una mejor persona y labrarme un futuro mejor. ¿Mejor? Lo dudo con mis antecedentes, y mi chico, porque aún lo es, en libertad vigilada y ese brazalete en el tobillo. Solo Bárbara y Bruna parecen haber retomado su vida, mientras Mory y yo seguimos encerradas muertas de asco. Lo suyo es aún peor, está en la cárcel. Una pobre señora mayor se pudre entre unos barrotes lejos de su país y de quienes la queremos. No tengas duda de que cuando pueda salir de aquí en unos meses, años, o cuando sea, iré a buscarte.

El sonido de la puerta la sobresalta, de reojo observa la entrada al salón tras haber oído unos pasos por el pasillo con el corazón en el pecho por si fuera Menchu, aunque por la fecha del matasellos sabe que ella aún está lejos.

—Vaya carita, mi vida. ¿Pasó algo?

—Siéntate aquí a mi lado y te lo enseño. Necesito un abrazo de esos tuyos que me tranquilizan.

Saúl hace lo propio y se sienta junto a ella cogiendo la carta que aún está entre las manos de la periodista.

—Es solo el berrinche de una niña que parece no querer dejar de serlo —consuela estrechándola todo lo fuerte que puede.

Irene asiente y se abraza a él, que la estrecha con más fuerza intentando calmarla.

Tiempo después de vuelta en Gascón...

¡Ay, mis chicos! Pensaba que te vería con una barriguita ya, para alegría del reverendo.

—Ya habrá tiempo, María —asegura la periodista abrazándola fuerte ante la atenta y sonriente mirada de Saúl.

—Pasad, pasad que ya está vuestra habitación preparada. No os negaré que esperaba una reserva para más días; tres me parecen bastante escasos.

—Igual se nos hacen largos, María. A ver cómo nos reciben, en especial a mí —alega Irene.

—No te pongas en lo peor, cariño. Verás como todo sale mejor de lo que esperas.

—Sí, como decía un profesor que tuve: «Preparada para lo peor, esperando lo mejor».

Los tres explotan en risas antes de que Saúl e Irene suban las cosas a su habitación. Nada más atravesar la puerta, ella va directa a la ventana y sonríe frente al paisaje. Durante unos minutos no parece querer quitar los ojos de lo que está delante de ella hasta que siente las manos de Saúl en su cintura.

—Buen sitio este para intentar formar una familia, ¿no crees? —ronronea en su cuello.

—¿Lo dices en serio?

—¿Por qué iba a decirlo si no?

—Muy bien, tomo a pies juntillas lo que me dices. Al final lo más divertido es intentarlo...

Sin mediar más palabra se desnudan despacio entre caricias como están acostumbrados ya desde que viven juntos lejos de allí y nada parece importunarles. Con Irene sin camiseta y Saúl centrado en sus pezones, esta se aparta y va hacia su portátil dejándole con cara de resignación.

—Ya decía yo que estaba siendo demasiado fácil. ¿Qué se te ha pasado ahora por la cabeza? ¿Tan mal lo estoy haciendo para que saltes así de la cama?

—Calla, tonto —responde Irene entre risas y parpadeos—. Me he acordado de algo que pregunté a Lolo un día que quedamos en el banco del camino.

—¿El qué? No me hagas sacártelo todo con calzador, menos aún cuando piensas en otro conmigo en la cama.

—Le pregunté por posibles trifulcas de Menchu, o incluso Bruna, con alguien del pueblo y no añadió nada de Bárbara. ¿Por qué no la conocimos hasta el final de toda esta truculenta historia como a Olivia?

—Recuérdame, ¿quién es Olivia? Aún no me puedo creer que hayan salido tantos supuestos amigos de debajo de las piedras.

—Sí, aquella chica con la que no querías dejarme sola, ¿te acuerdas?

—Creo que empiezo a hacer memoria, pero sería mejor que lo que quiera que busques, lo busquemos ambos aquí —suelta acariciando la cama—. Hay tiempo para eso luego.

Rendida por quedarse sin réplica, guarda el ordenador y vuelve a la cama donde Saúl parece no haber perdido nada del poderío que tiene entre sus piernas, e Irene se deja hacer, no sin pensar en sacar su *bloc* de notas en cuanto acaben. Ese día, sin saber por qué, Saúl parece querer y poder prolongar su sesión de sexo más de lo que lo hace en la ciudad.

—Es increíble sentirte sin preservativo... Te siento tan mía. Me encanta cómo tu interior se adapta a mí.

—¡¡Periodista!! Oyen de repente fuera de la casa.

—¡Joder! Puto Lolo. Ahora sí que puedes seguir con tus cosas, bajar o verle o ir donde te dé la gana.

—No te sulfures, puedo hacer que no te quedes a medias, seguro que no te falta mucho.

—No, no así. Ve, no creo que nos vaya a dejar en paz si no.

Tras darle un buen beso que no provoca lo que hubiera pasado en otras circunstancias, baja decidida a su encuentro con Lolo y saber qué ha pasado desde que se fue.

—Madre mía, tía. Otra vez duro. Cuando digo que solo tú, no miento, más ahora que no puedo hacerlo con Menchu. Qué putada, intento camelarme a Bárbara u Olivia, pero, créeme, no son nada fáciles.

—A propósito de eso y para que se te olvide de una vez tu entrepierna, cuéntame cómo va todo desde que me fui. Ya sabes, Menchu, Mory, Bárbara, Olivia, Bruna...

—Vamos al banco.

Al llegar, Lolo le enseña el brazalete electrónico que lleva en el tobillo.

—Aquí mola más, es como en las pelis, solo que este a veces se desconfigura o no sé qué, y aparecen polis en mi casa, pero al menos puedo salir a la calle y no estoy encerrado.

—Pues ya que sales y ves mundo —añade Irene con media sonrisa—, no te hagas el remolón y habla.

—¿Ni un besito antes?

—Escupe antes de que dé media vuelta.

—Vale... vale. La verdad es que no sé cómo Bárbara esta tan campante como si nada dando vueltas por ahí con Bruna. Ella fue quien lanzó la piedra a Carmen solo porque le tenía ojeriza, también quien llevó a cabo el incendio de la casa en ruinas. ¿Te acuerdas?

—Claro... pero no entiendo ni por qué ni cómo estás tan seguro.

—Ella siempre soltaba por la boca toda clase de insultos a Carmen por una movida entre ella y su madre, supongo que un día se cansó y le dio por ahí. El incendio no tengo duda que lo hizo por mi vino y que nadie pareciera hacer nada por buscar a Bruna. Es su mejor amiga, ¿lo sabías?

—No supe de ella hasta que la vi en el hospital. Y de Olivia solo me pareció que malmetía en todo el barullo sin saber nada.

—Exacto, más que un personaje secundario de una película es más una *malmeto*. ¿Sabes a lo que me refiero?

—Ni que lo digas, solo quería figurar como si también tuviera vela en este entierro cuando no era para nada así. El día que me encontró, o vino a buscarme, no sabría decirte, solo me dijo una sarta de tonterías que no se creía ni ella. Era imposible hilar una cosa con la otra, una vía muerta. Como el párroco, que no tiene nada que ver con la historia, solo es el típico señor mayor cotilla que quiere enterarse de todo. ¡Menos mal que al final no me confesé!

—Yo siempre me inventé los míos cuando me obligaban a ir, como si del guion de una peli se tratara.

—¿Cómo vas, María? —pregunta nada más volver a la casa.

—Seguro que mejor que tu enamorado, que bueno debe estar cuando ni siquiera ha bajado a darme conversación cuando te marchaste. —Una sonrisilla hábil se escapa de sus labios mirando a Irene.

La periodista se une al jolgorio y ambas se carcajean sin vergüenza cuando Saúl aparece al final de la escalera enojado, negando con la cabeza frente a la alegría de ambas.

—¡Anda, hijo! No te hagas mala sangre que durante estos días puedes retomar lo que sea que hacías con mi niña antes de que apareciera el chico del vino. —Le guiña un ojo antes de dar un codazo divertido a la periodista para que se fuera con él a realizar el pedido a la cigüeña.

—¡Ah, María! —Se para en el primer escalón Irene girando la cara hacia su casera.

—Dime, cariño.

—¿Qué demonios significa el ritmo de las campanas? Me fui sin saber cómo se podía saber la hora, y aún sigo igual.

—Ja, ja, ja... Es muy fácil. Una sola campanada son las y media de alguna hora, tras media hora podrás escuchar todos los repiques correspondientes a la hora. Si oyes tres, pues son las tres, por lo que el repique anterior que oíste sería el de las dos y media. A la media hora sonará un repique y serán las tres y media. Ya ves el truco, no es para tanto. Solo me gustaba dejarte con la intriga cada vez que preguntabas, y con todo el follón de antes de marcharte se me olvidó.

—Aún así tengo una duda, ¿cómo sé que es la una y media?

—Esa es la hora más larga; un repique pueden ser las doce y media, si el siguiente sonido es otro único repique, puede ser la una o la una y media, con lo que hay que esperar a los dos repiques que corresponderían a las dos. De ahí que sea la hora más larga —de nuevo otra sonrisilla—, pero tranquila, de aquí hasta que me dejes de nuevo ya te habrás enterado.

AGRADECIMIENTOS

Siempre creo tener claro los agradecimientos hasta que estoy frente al documento en blanco donde escribirlos. Debe ser como el miedo escénico, en mi caso pánico, de olvidar a alguien importante. Pero estando en este punto, lo mejor es empezar por quien es, fue y será el mejor apoyo que tengo escriba lo que escriba y suponga los cambios de humor que conlleve: mi pareja desde hace casi dieciséis años, *Víctor*. Sigo con mi familia, tampoco hay duda de ello por leer mis libros hablen de lo que hablen: mi padre, mi madre y mi hermana *Alma*.

Lejos de todas estas personas cercanas, están quienes no sufren en primera persona el proceso creativo, pero sé que sí están ahí siempre: mis cuñadas, *Belén*, *Isa* y *Nieves*, junto a mi cuñado *Sergio* y mi tío *Manolo*.

Lejos de compartir sangre, siempre están los amigos con quien pareces también compartir genes. En este grupo, están quienes siempre han estado a golpe de wasap o llamada: *Ana*, *Fini*, *Olga*, *Álex*, *Víctor*, *Daniel Benavides*, *Pitu*, *Lolo* y *Félix* de mis peleítas de fútbol, mi grupo de escleróticos favoritos, *Patri*, mi logopeda preferida y a los que seguro dejo en el tintero.

A mis lectoras cero, María José y Trinidad por el tiempo empleado en mi libro. A Autores Conectados y en especial a Marta por responder a todas mis dudas y ayudarme más allá de lo que cabría esperar, no podré dejar de agradecerte tus palabras y estar siempre ahí a golpe de teclado.

Gracias a todos por embarcaros conmigo en esta nueva travesía...

ÍNDICE